KB036273

문학시간에 옛시읽기 2 – 한시

문학시간에 옛시읽기 2

한시

전국국어교사모임 옮김

Humanist

'문학시간에 읽기' 시리즈를 펴내며

문학 작품은 왜 읽을까요? 도대체 문학이란 무엇일까요?

한 국어학자는 '문학'을 '말꽃'이라고 했습니다. '꽃'이 '아름답게 피워 낸 가장 값진 열매'이니, '말꽃'은 '말로써 피워 낸 가장 아름답고 값진 결과물'이라는 것입니다.

그런데 오늘날 입시 위주의 교육 환경에서 '문학'은 과연 학생들에게 말꽃으로 다가갈까요?

학생들은 말로 이루어 낸 가장 아름다운 꽃의 향기와 아름다움을 느끼거나 맛볼 여유가 없습니다. 이번 시험엔 어떤 작품이 출제될까만 생각하며 이런저런 참고서와 문제집을 뒤적거리느라 문학의 재미와 아름다움을 맛보고 느낄 겨를이 없으니까요.

전국국어교사모임은 학생들에게 문학의 참맛을 느끼고 맛보게 해 주고 싶었습니다. 그래서 문학사 중심, 지식과 기능 중심의 문학 교재가 아닌, 학생들이 재미있게 읽으면서도 자신의 지적·정서적 경험을 넓힐 수 있는 문학책을 만들게 되었습니다.

'문학시간에 읽기' 시리즈는 전국의 국어 선생님들이 숱한 토론을 거치면서 가려 뽑은 작품들로 구성되었습니다. 학생들이 즐겨 읽고 크게 감동한 작품들, 학생들의 감수성과 상상력을 풍부하게 만든 작품들과 만날 수 있습니다.

이제 학생들이 논술과 수능 준비를 위해 어렵게 외우고 풀어야 하는 문학이 아닌, 나와 우리의 이야기가 녹아들어 있는 문학, 느끼고 생각할 수 있는 문학, 진실한 얼굴의 문학을 만날 수 있기를 바랍니다.

2013년 5월

전국국어교사모임

머리말

'옛글'이나 '옛시'라고 하면 지레 겁부터 먹는 사람들이 많습니다. 또 고리타분하다거나 어렵다는 고정관념을 가지고 대하는 사람들도 많습니다. 이에 대한 탓은 여러 가지를 들 수 있겠지만, 무엇보다 기존의 번역과 작품 선별이 주된 문제라고 할 수 있습니다.

이 책이 이러한 문제를 모두 해결하겠다는 것은 아닙니다. 한시를 옮기는 데 무엇보다 기존의 번역으로부터 많은 빚을 지면서도, 이 책은 무엇보다 먼저 그러한 문제의식에서 출발했습니다. 그런 점에서 이 책은 두 가지 목표를 가지고 옮기고 엮었습니다.

첫 번째는 한시가 독자들에게 쉽게 다가갈 수 있도록 했습니다. 그러기 위해서 되도록 쉽게 풀어 옮기고 해설을 달았습니다. 뜬구름 잡는 이야기도 아니고, 전문 서적에서 보이는 난해함을 줄이려고 노력했습니다. 다른 책을 참고하지 않더라도 꼼꼼하게 읽으면 뜻이 통할 수 있도록 내용을 채우려고 했습니다.

두 번째 목표는 한시를 깊이 있게 읽을 수 있도록 했습니다. 해설을 통해서 다 하지 못한 것들은 '생각할 거리'를 통해서 맛볼 수 있도록 엮었습니다. 함께 읽으면 좋은 한시와 현대시, 문학 용어 등을 '생각할 거리'를 통해 넓힐 공간을 마련했습니다.

이 책은 131편의 한시를 아홉 장으로 나누어 실었습니다. 1장에는 가족의 사랑을 이야기하는 시를, 2장에는 벗과의 사귐을 노래하는 시를,

3장에는 사랑과 그리움을 노래하는 시를, 4장에는 충절을 노래한 시를, 5장에는 자연에서 느끼는 한가로움을 노래한 시를, 6장에는 신념과 의지를 보여 주는 시를, 7장에는 현실의 아픔을 읊은 시를, 8장에는 삶의 쓸쓸함을 보여 주는 시를, 그리고 9장에는 초월의 욕망을 노래한 시를 담았습니다.

한시는 과거 우리 선조들의 유산이지만은 않습니다. 한시를 읽다 보면, 시에서 이야기하는 것들이 오늘날의 삶과 닿아 있는 것을 보곤 합니다. 그것은 한시가 과거의 글이면서도 오늘날에도 여전히 살아 있는 글이 될 수 있다는 사실을 보여 줍니다.

이 책에 실린 한시들을 읽고, 옛사람들이 나와 가족과 세상과 자연을 어떻게 바라보고 느꼈는지를 마음에 담을 수 있기를 바랍니다. 그리고 그것이 여러분이 살아갈 내일에 조금이나마 도움이 되기를 바랍니다.

2014년 7월

김동곤, 박정원, 이미숙, 조필규

차례

【2장】 늦어진 이별 자리

【3장】 우리 인연 무거워요

【4장】 한산도의 밤

【5장】 눈 오는 밤 산중에서

【6장】 눈길 걸어갈 때

【7장】 슬프구나, 양기를 자르다니

【8장】 가을밤 비 내릴 때

【9장】 그림자, 나 아닌 나

1장

우리 부부 처지를 바꾸리라

이 장에는 '가족의 사랑'을 이야기하는 작품을 담았습니다.
부모님에 대한 사랑, 부부간의 사랑, 자식에 대한 사랑,
동기간의 사랑과 우애 등 가족 간의 사랑을 담은 작품을 읽으면서
우리 가족에 대한 고마움과 그리움을 느낄 수 있기를 바랍니다.

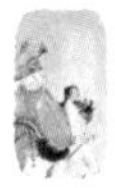

밤에 다듬질 소리를 듣고

양태사

야청도의성
夜聽擣衣聲

가을 하늘 달 밝은데 은하수 빛나
이국땅 나그네 고향 생각 많구나.
긴긴 밤 홀로 앉아 시름 깊은데
문득 들려오는 이웃 여인 다듬질 소리.
바람결 따라서 끊일 듯 이어지며
밤 깊도록 잠시도 그치지 않네.
고국 떠나고 저 소리 못 들었는데
오늘 이국땅에서 그 소리 다시 듣네.
그대 든 방망이는 무거운가 가벼운가,
푸른 다듬돌 고른가 거친가?
연약한 몸 온통 땀에 젖고
고운 팔 힘에 부쳐 지쳤으리.
홑옷 나그네 구하려 함인가,
차가운 안방 시름 덜려 함인가?
그대 모습 그려 보나 물어볼 수 없고
끝없이 그리움만 깊어 가네.
이국땅 낯선 곳에서
그대 생각으로 한숨만 쉬네.

霜天月照夜河明
상 천 월 조 야 하 명
客子思歸別有情
객 자 사 귀 별 유 정
厭坐長宵愁欲死
염 좌 장 소 수 욕 사
忽聞隣女擣衣聲
홀 문 린 녀 도 의 성
聲來斷續因風至
성 래 단 속 인 풍 지
夜久星低無暫止
야 구 성 저 무 잠 지
自從別國不相聞
자 종 별 국 불 상 문
今在他鄕聽相似
금 재 타 향 청 상 사
不知綵杵重將輕
부 지 채 저 중 장 경
不悉青砧平不平
불 실 청 침 평 불 평
遙憐體弱多香汗
요 련 체 약 다 향 한
預識更深勞玉腕
예 식 갱 심 노 옥 완
爲當欲救客衣單
위 당 욕 구 객 의 단
爲復先愁閨閣寒
위 복 선 수 규 각 한
雖忘容儀難可問
수 망 용 의 난 가 문
不知遙意怨無端
부 지 요 의 원 무 단
寄異土兮無新識
기 이 토 혜 무 신 식
想同心兮長嘆息
상 동 심 혜 장 탄 식

이때 들려오는 안방의 다듬질 소리	此時獨自閨中聞 자 시 독 자 규 중 문
이 밤 누가 알랴, 어리석은 내 시름을.	此夜誰知明眸縮 차 야 수 지 명 모 축
그리워라, 마음 높이 달고	憶憶兮心已懸 억 억 혜 심 이 현
듣고 또 들어도 알 수가 없네.	重聞兮不可穿 중 문 혜 불 가 천
꿈속에라도 저 소리 찾아가려 하지만	卽將因夢尋聲去 즉 장 인 몽 심 성 거
나그네 시름 많아 잠을 이루지 못하네.	只爲愁多不得眼 지 위 수 다 부 득 안

◉ 양태사는 발해 문왕 때 귀덕 장군으로, 759년(문왕 23)에 일본에 사신으로 갔다가 송별연에서 이 시를 지어 읊었다 한다. 화자는 이웃에서 여인네가 다듬질하는 소리를 듣고 떠난 고국을 떠올린다. 일본 풍속에 없는 다듬질 소리에 화자는 온갖 상념에 젖어 든다. 그 여인은 누구인지, 왜 밤늦도록 다듬질을 하는지……. 이국땅 일본에서 고국을 그리워하는 화자의 마음이 잘 드러나 있다. 이 시는 일본에서 편찬한 한시집 《경국집(經國集)》에 전한다.

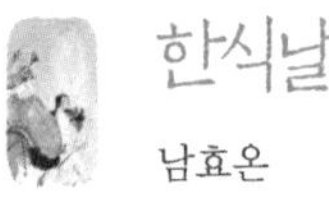

한식날

남효온

서강한식
西江寒食

날이 흐려 울 밖 저녁 한기 일더니
한식날 동풍에 들판 물이 밝아지네.
배에 가득한 장사꾼들 말이
버들꽃 시절이라 고향 생각뿐이라네.

天陰籬外夕寒生
천음리외석한생
寒食東風野水明
한식동풍야수명
無限滿船商客語
무한만선상객어
柳花時節故鄉情
유화시절고향정

◉ 한식은 동지에서 105일째 되는 날로, 양력으로는 4월 5~6일쯤이다. 일정 기간 불의 사용을 금하며 찬 음식을 먹는 고대 중국의 풍습에서 시작되었다고 한다. 한식은 예로부터 설날, 단오, 추석과 함께 4대 명절로 일컬어졌다. 추운 시절이 지나고 한식날이 되자 들판 물이 맑다. 물이 맑다는 것은 한식날이 하늘이 차츰 맑아진다는 청명절과 겹치기 때문이다. 화자는 한강에서 배를 탄다. 왁자지껄하는 장사꾼들의 말소리는 모두 고향 이야기뿐이다. 늙으신 어머님을 고향에 두고 서울에서 벼슬살이하며 한식날을 맞는 화자의 처지는 고향을 떠나 여기저기로 떠도는 장사꾼들의 처지와 다를 바 없다.

기러기

양사언

즉사
卽事

넓은 들에 연기 한 줄기 일고	孤煙生曠野 고 연 생 광 야
아득한 들판에 저녁 해 비친다.	落日照平蕪 낙 일 조 평 무
남으로 가는 기러기에게 묻노니	借問南飛雁 차 문 남 비 안
집에서 내게 부친 편지 없느냐?	家書寄我無 가 서 기 아 무

◉ '넓고 아득한' 들판은 고향과 가족을 떠나 있는 화자의 쓸쓸함과 그리움의 크기를 짐작하게 한다. 저녁 햇살과 한 줄기 이는 연기는 그런 화자를 더욱 외롭게 만든다. 남으로 기러기가 날아가는 것을 보면 가을이다. 기러기를 '신조(信鳥)'라고도 하는데, 그것은 사람이 오고 가기 어려운 곳에 소식을 전해 주는 구실을 했기 때문이다. 편지를 '안서(雁書)'라고 하는 것도 같은 까닭이다. 저물녘, 기러기를 보면서 고향과 가족, 친구를 떠올리는 화자의 모습이 선하게 그려진다.

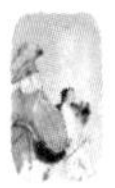

대관령을 넘으면서

신사임당

읍향자모
泣向慈母

늙으신 어머님은 강릉에 계시는데
이 몸은 홀로 서울로 간다.
때때로 머리를 돌려 북촌을 바라보니
흰 구름 아래로 푸른 산이 저문다.

慈親鶴髮在臨瀛
자 친 학 발 재 임 영
身向長安獨去情
신 향 장 안 독 거 정
回首北邨時一望
회 수 북 촌 시 일 망
白雲飛下暮山青
백 운 비 하 모 산 청

◉ 이 시는 신사임당의 아들 율곡 이이가 돌아가신 어머니 사임당의 평생 살아온 일을 적은 〈선비 행장(先妣行狀)〉에 실려 있다. 사임당은 시, 글씨, 그림에 뛰어났던 조선 시대의 대표적인 여성 예술가였으며, 오늘날 우리 사회에서 현모양처의 귀감이 되고 있다. 이 시는 효심 깊었던 딸 사임당의 마음을 또렷하게 보여 준다. 대관령을 넘으면서 두 번 세 번 홀로 남겨진 어머님이 계신 곳을 안타깝게 바라보는 시집간 딸의 마음이 잘 나타나 있다.

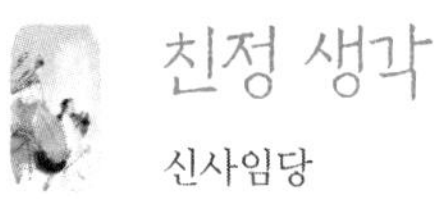

친정 생각

신사임당

사친
思親

천 리 먼 곳 첩첩 봉우리 고향 산을	千里家山萬疊峯 천 리 가 산 만 첩 봉
가고 싶은 마음 늘 꿈속에 있네.	歸心長在夢魂中 귀 심 장 재 몽 혼 중
한송정 물가에 외로운 달이 뜨고	寒松亭畔孤輪月 한 송 정 반 고 윤 월
경포대 앞에는 바람이 불어오겠지.	鏡浦臺前一陣風 경 포 대 전 일 진 풍
모래톱에 갈매기는 모였다 흩어지고	沙上白鷗恒聚散 사 상 백 구 항 취 산
고깃배는 바다를 오고 가겠지.	海門漁艇任西東 해 문 어 정 임 서 동
언제나 다시 가나, 내 고향 길.	何時重踏臨瀛路 하 시 중 답 임 영 로
색동옷 다시 입고 어머님하고 바느질할까?	更着斑衣膝下縫 갱 착 반 의 슬 하 봉

◉ 시집간 딸 사임당이 홀로된 친정어머니와 고향을 그리워하는 마음이 잘 나타나 있다. 화자가 있는 서울과 어머님이 계신 강릉은 천 리나 먼 곳이어서 늘 꿈속에서나 안타깝게 그려 본다. 그래서 꿈속에서 그려 보는 한송정에 뜬 달은 외롭고, 경포대 앞에 불어오는 바람은 스산하다. 고향 바다에는 갈매기가 날고 배가 오갈 것이다. 친정어머님 앞에서 어린아이의 색동옷을 입고 바느질한다는 것은, 노래자(老萊子)가 일흔 살에 색동옷을 입고 어린애 장난을 하면서 늙은 부모를 즐겁게 해 주었다는 이야기를 떠올린다.

기러기는 북에서 오는데

백광훈

용강사
龍江詞

저희 집은 용강 어귀에 있는데	妾家住在龍江頭 첩 가 주 재 용 강 두
날마다 문 앞에 강물이 흘러요.	日日門前江水流 일 일 문 전 강 수 류
강물이 동으로 흘러 끊이지 않듯	江水東流不曾歇 강 수 동 류 부 증 헐
임 그리는 제 마음도 쉼이 없답니다.	妾心憶君何日休 첩 심 억 군 하 일 휴
구월 강가엔 서리와 이슬이 차고	江邊九月霜露寒 강 변 구 월 상 로 한
강기슭 갈대꽃 희고 단풍잎 붉어요.	岸葦花白楓葉丹 안 위 화 백 풍 엽 단
줄지어 기러기는 북에서 오는데	行行新雁自北來 행 행 신 안 자 북 래
서울 계신 임에게선 편지가 없네요.	君在京河書未廻 군 재 경 하 서 미 회
누각에 올라 달 보며 아파하실 임	秦樓望月幾苦顔 진 루 망 월 기 고 안
그래서 강가 산에 올랐답니다.	使妾長登江上山 사 첩 장 등 강 상 산
떠나실 때 배 속에 있던 아이	去時在腹兒未生 거 시 재 복 아 미 생
이젠 말도 하고 대말(죽마) 타고 다녀요.	卽今解語騎竹行 즉 금 해 어 기 죽 행
다른 아이 따라 배워 아버지라 부르지만	便從人兒學呼爺 변 종 인 아 학 호 야
만 리 밖 당신, 그 소리 어찌 듣겠어요?	汝爺萬里那聞聲 여 야 만 리 나 문 성
가난과 출세는 하늘에 달렸는데	人生窮達各在天 인 생 궁 달 각 재 천
슬프게도 힘들게 헛된 세월 보냅니다.	可惜辛勤虛度年 가 석 신 근 허 도 년
비단으로 겨울옷 만들고	機中織帛寒可衣 기 중 직 백 한 가 의
강가 몇 뙈기 밭 수확할 수 있어요.	江上仍收數頃田 강 상 잉 수 수 경 전

집에서 함께할 땐 가난해도 기뻤는데
금은으로 몸을 둘러도 기쁘지 않네요.
아침에 까치가 뜰 앞 나무에서 울어
문 나서 강 서쪽 길 자꾸 보았답니다.
곁엣사람에게 마음속 말 못 하고
안개 낀 강물 보니 슬퍼 날이 또 저뭅니다.
붉은 굴레 금 고삐 어느 곳 낭군인지
말이 울고는 서쪽 집에 드네요.

在家相對貧亦喜
재 가 상 대 빈 역 희
銀黃繞身不足貴
은 황 요 신 부 족 귀
朝來鵲噪庭前樹
조 래 작 조 정 전 수
出門頻望江西路
출 문 빈 망 강 서 로
不向傍人道心事
불 향 방 인 도 심 사
腸斷煙波日又暮
장 단 연 파 일 우 모
紅羈金絡何處郎
홍 기 금 락 하 처 랑
馬嘶却入西家去
마 시 각 입 서 가 거

◉ 백광훈은 친구인 고죽 최경창(1539~1583), 허균의 스승인 손곡 이달과 함께 조선 중기 '삼당시인(三唐詩人)'으로 불린다. 백광훈은 1577년 마흔한 살 때 집안 형편이 어려워 처음으로 선릉 참봉으로 관직에 나서면서 서울에 머물렀다. 이 시는 이 시기 고향에 있는 아내가 남편을 기다리며 그리워하는 마음을 담고 있다. 여기서 용강은 시인의 고향인 장흥군 마을 앞으로 흐르는 내이다. 아내 처지에서 쓴 시이지만, 그 안에는 고향에서 가족을 보살피고 있는 아내에 대한 남편의 미안함과 그리움이 오롯이 담겨 있다.

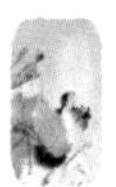

막내아우 생일에

임제

정월이십육일내계제탁초도일야탁방재엄친슬하상간창회이작
正月二十六日乃季弟侘初度日也侘方在嚴親膝下相看愴懷而作

어머니란 막내아들을 가장 사랑해	婦人愛少子 부 인 애 소 자
우리 어머님도 너를 편애하셨지.	慈母偏憐爾 자 모 편 련 이
네 나이 여섯 살 때	汝年六歲時 여 년 육 세 시
슬프게도 어머님을 잃었단다.	哀哀失所恃 애 애 실 소 시
산소에 묻히신 지 칠 년	丘壟七秋霜 구 롱 칠 추 상
내 급제를 어머님은 모르시리라.	兄科母不識 형 과 모 불 식
정월 스무엿새	正月二十六 정 월 이 십 육
바로 네가 태어난 날.	乃汝初度日 내 여 초 도 일
어머님의 수고로움 생각하고	却念母劬勞 각 념 모 구 로
은혜 갚으려도 끝이 없구나.	欲報恩罔極 욕 보 은 망 극
지금 살아 계신대도	母今若生存 모 금 약 생 존
겨우 쉰이신 걸.	行年纔五十 행 년 재 오 십
이제 글을 읽을 수 있는 너를	汝能讀經史 여 능 독 경 사
첫새벽에 보니 눈물이 난다.	清晨對汝泣 청 신 대 여 읍

◉ 막내아우 여섯 살 때 마흔셋의 어머님이 돌아가셨다. 칠 년의 세월이 흘러 막내아우는 이제 열세 살이다. 화자는 과거에 급제를 하고, 막내아우는 글을 읽을 수 있게 되었다. 막내아우의 생일, 화자인 형은 막내아우를 끔찍이도 사랑하셨던 어머님을 떠올린다. 어머님은 너무 젊은 나이에 돌아가셨다. 막내아우와 화자를 낳고 길러 주신 은혜를 갚을 길이 없다. 막내아우를 보고 흘리는 화자의 눈물은 어머님의 사랑과 어머님에 대한 그리움, 그리고 막내아우에 대한 연민의 감정 등이 어우러져 흐르는 것이다. 시인은 이 시의 창작 동기를 다음과 같이 제목으로 붙여 놓았다.

"정월 26일은 곧 막내아우 탁(侂)의 생일날이다. 탁이 바야흐로 어머님 없이 부친 슬하에 있어 아우를 보니 슬픈 생각이 나 짓는다."

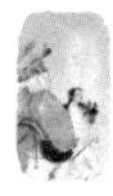

부모님 무덤가

이행

답우인삼수
答友人三首

그대는 부모님 살아 계시니
색깔 고운 옷 빛이 나리라.
나는 부모님 무덤가에서 늙으며
슬프고 슬픈 〈육아〉를 부른다.

君趨具慶堂
군 추 구 경 당
彩服爛生光
채 복 난 생 광
我老松梓傍
아 로 송 재 방
哀哀蓼莪章
애 애 육 아 장

◉ 친구는 부모님이 살아 있어 색깔 고운 옷을 입으면 쓸모가 있을 것이다. 마치 춘추 시대 초나라 사람인 노래자가 일흔 살에 색동옷을 입고 어버이를 기쁘게 한 것처럼. 그러나 화자는 어떠한가? 이제는 부모님을 모시려야 모실 수가 없다. 그저 헛되이 부모님 무덤가나 지킬 수 있을 뿐이다. 화자는 〈육아(蓼莪)〉를 읊조린다. 〈육아〉는 《시경》 〈소아(小雅)〉의 편명으로, 부모가 돌아가신 후 그 은혜를 기리며 효도를 다하지 못했음을 슬퍼하는 내용이다.

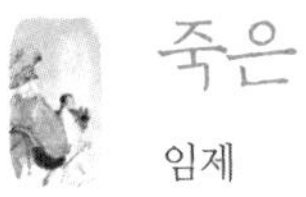

죽은 딸에게

임제

망녀만
亡女挽

네 아비 지난해 홍양 현감으로 가느라
서울의 가을바람에 바삐 떠나왔단다.
네 목소리 네 모습 지금도 또렷한데
인간 세상 이별이 이처럼 아득하구나.
달 밝은 빈산에 구슬픈 잔나비 울음
찬 서리 골짜기엔 시든 영릉향 잎.
시집가던 그날 애틋하게 잊지 못하더니
저승 가면 어디에서 어미를 부를까?

汝爺前歲赴興陽
여 야 전 세 부 흥 양
京國秋風五馬忙
경 국 추 풍 오 마 망
膝下音容常婉婉
슬 하 음 용 상 완 완
人間離別此茫茫
인 간 이 별 차 망 망
猿聲夜若空山月
원 성 야 약 공 산 월
蕙葉寒凋一壑霜
혜 엽 한 조 일 학 상
結綐當時猶顧戀
결 예 당 시 유 고 련
九原何處更呼孃
구 원 하 처 갱 호 양

◉ 죽은 딸을 슬퍼하여 아버지가 지은 글이다. 딸이 죽던 그날, 아버지는 임지로 떠나느라 딸의 죽음도 보지 못했다. 딸의 모습은 지금도 또렷한데, 죽어 다시는 보지 못하게 되었다. 빈산에서 들려오는 잔나비 울음소리는 구슬프고, 골짜기 영릉향 잎은 서리 맞아 시들었다. 딸의 죽음 앞에 세상의 모든 것들이 구슬퍼 보인다. 딸이 시집가던 날 애타게 그리워하던 어머니를 이젠 저승에 가면 만날 수 있을 것이다. 북한의 속담에, "부모 상고에는 먼 산이 안 보이더니 자식이 죽으니 앞뒤가 다 안 보인다."라는 말이 있다. 부모가 돌아가셨을 때보다도 자식이 죽었을 때에 슬픔이 더 큼을 이르는 말이다.

아, 내 아이들아

허난설헌

곡자
哭子

지난해에는 사랑하는 딸을 잃었고	去年喪愛女 거 년 상 애 녀
올해는 사랑하는 아들을 잃었다.	今年喪愛子 금 년 상 애 자
슬프구나, 광릉의 땅이여!	哀哀廣陵土 애 애 광 릉 토
두 무덤 나란히 서 있구나.	雙墳相對起 쌍 분 상 대 기
사시나무엔 쓸쓸한 바람 불고	蕭蕭白楊風 소 소 백 양 풍
무덤엔 도깨비불 반짝인다.	鬼火明松楸 귀 화 명 송 추
지전으로 너희 넋을 부르고	紙錢招汝魄 지 전 초 여 백
너희 무덤에 무술을 따른다.	玄酒奠汝丘 현 주 전 여 구
너희들 남매의 혼은	應知弟兄魂 응 지 제 형 혼
밤마다 정답게 놀고 있으리라.	夜夜相追遊 야 야 상 추 유
비록 배 속에 아기가 있다지만	縱有腹中孩 종 유 복 중 해
어찌 제대로 자라나길 바라랴?	安可冀長成 안 가 기 장 성
속절없이 슬픈 노래 부르며	浪吟黃臺詞 낭 음 황 대 사
슬픈 피 울음을 속으로 삼킨다.	血泣悲呑聲 혈 읍 비 탄 성

지전(紙錢) 돈 모양으로 오린 종이. 죽은 사람이 저승 가는 길에 노자로 쓰라는 뜻으로 관 속에 넣는다.
무술 원문의 '현주(玄酒)'는 제사 때 술 대신에 쓰는 맑은 찬물인 무술을 이른다.
슬픈 노래 원문은 '황대사(黃臺詞)'. 황대사는 당나라 때 장회 태자가 지은 노래다. 고종의 아들이 여덟인데, 위로 넷은 천후의 소생이다. 맏이인 홍을 태자로 삼았으나, 계후(繼后)가 시기하여 홍을 독살하고 둘째인 현을 태자로 세웠다. 현은 수심에 차 이 노래를 지어 악공에 주어 부르게 하여 임금과 왕비의 깨달음을 얻으려 했으나, 그도 결국 쫓겨나 죽고 말았다. 가사는 다음과 같다.

황대 아래 오이 심으니
주렁주렁 오이가 익네.
첫 번째는 오이 좋으라 따 내고
두 번째는 아직 배다 솎아 내고
세 번째는 맛이 좋다 또 따 내고
네 번째는 덩굴째로 걷어 가네.

◉ 난설헌은 명문가에서 태어나 이달에게 시를 배웠다. 김성립과 혼인했지만 사이가 원만하지 못했고, 또한 시댁의 학대와 질시 속에 살았다. 이 시에 나오는 것처럼 난설헌은 사랑하던 남매를 잃고, 염려한 대로 배 속의 아이까지 잃는 아픔을 겪었다. 이러한 정황이 이 시에 고스란히 배어 있다. 자식이 부모보다 먼저 죽는 것을 '참척(慘慽)'이라고 한다. 두 글자 모두 '아프다, 근심하다, 슬프다'라는 뜻이다. 부모가 돌아가면 자식은 부모를 선산에 묻지만, 자식을 여의면 부모는 자식을 가슴에 묻는다고 했다. 그만큼 아프고 슬픈 것이 자식의 죽음이다.

편지

이안눌

기가서
寄家書

집에 보낼 편지에 괴롭다 말하려니
늙으신 어버이 걱정할까 두렵네.
그늘진 산 쌓인 눈이 천 길인데
도리어 올겨울은 봄처럼 따뜻하다 하네.

欲作家書說苦辛
욕 작 가 서 설 고 신
恐教愁殺白頭親
공 교 수 쇄 백 두 친
陰山積雪深千丈
음 산 적 설 심 천 장
却報今冬暖似春
각 보 금 동 난 사 춘

먼 변방 산은 높고 길은 험하니
서울에 닿을 때면 한 해도 저물리라.
봄날 부친 편지에 가을 날짜 적은 것은
근래 부친 편지로 여기시라 함일세.

塞遠山長道路難
새 원 산 장 도 로 난
蕃人入洛歲應闌
번 인 입 락 세 응 란
春天寄信題秋日
춘 천 기 신 제 추 일
要遣家親作近看
요 견 가 친 작 근 간

◉ 이 시는 시인이 함경북도 경성(鏡城)에서 병마평사로 있으면서 쓴 것이다. 경성은 우리나라의 북쪽 맨 끝자락이다. 북방이라 그늘진 산에 쌓인 눈이 천 길이나 될 만큼 춥다. 그렇지만 화자는 늙으신 부모님이 걱정할까 염려되어 올겨울은 봄처럼 따뜻하다고 쓴다. 봄에 서울에 부친 편지는 길이 멀어 가을쯤이면 받아 보실 것이다. 그 날짜를 보는 부모님의 마음이 어떠할까? 멀리 북방에서 고생하고 있는 아들 걱정에 잠을 이루지 못하실 것이다. 그래서 화자는 봄날 편지를 부치면서 아예 가을 날짜를 적은 것이다. 부모님을 걱정하는 자식의 따스한 마음이 녹아 있다.

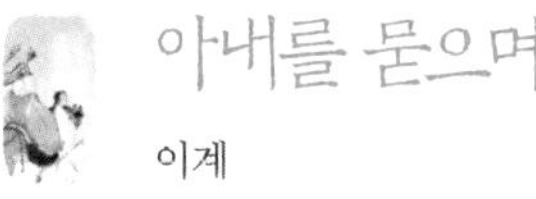

아내를 묻으며

이계

부인만
婦人挽

시집올 때 가져온 옷 반이나 새것이라
상자 열고 살피다가 더욱 마음 아프오.
평생에 좋아하던 것 함께 갖춰 보내어
빈산에 모두 맡겨 티끌 되게 하오리라.

嫁日衣裳半是新
가 일 의 상 반 시 신
開箱點檢益傷神
개 상 점 검 익 상 신
平生玩好俱資送
평 생 완 호 구 자 송
一任空山化作塵
일 임 공 산 화 작 진

◉ 내게 시집와 고생만 하던 아내가 죽었다. 아내가 남긴 것들을 살펴보니 옷가지들은 반이나 새것 그대로다. 평소 아내와 함께했던 노리개들을 보니 더욱 가슴이 미어진다. 아내를 관에 넣으면서 그 새 옷가지들과 노리개로 보공한다. (시신을 관에 넣고 빈 곳을 채워서 메우는 물건을 '보공(補空)'이라고 한다.) 빈산에 아내와 함께 묻어 준다. 아내의 시신과 함께 티끌이 되어 사라지리라. 그렇게라도 해야 아내에 대한 미안함과 회한이 덜하겠기 때문이다. 아내의 죽음 앞에 슬픔에 잠긴 화자의 모습이 선하게 그려진다.

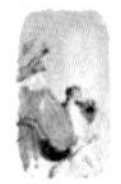

짓다 둔 모시옷

채제공

백저행
白紵行

희디흰 모시 베 눈처럼 흰데	皎皎白紵白如雪 교 교 백 저 백 여 설
아내가 살아생전에 간수한 물건이라네.	云是家人在時物 운 시 가 인 재 시 물
집사람 낭군 위해 애써 옷 짓다가	家人辛勤爲郞厝 가 인 신 근 위 랑 조
바느질 마치지 못하고 그만 돌아갔네.	要襋未了人先歿 요 극 미 료 인 선 몰
할멈이 상자를 열고 눈물 흘리며	舊篋重開老姆泣 구 협 중 개 노 모 읍
"누가 아씨 솜씨 대신할꼬?" 하네.	誰其代斲婢手拙 수 기 대 착 비 수 졸
온폭 모시 베 마름질은 진작 끝나고	全幅已經刀尺裁 전 폭 이 경 도 척 재
드문드문 바늘 자국 아직도 뚜렷하네.	數行尙留針線跡 수 행 상 류 침 선 적
아침 빈방에서 모시옷 입으니	朝來試拂空房裏 조 래 시 불 공 방 리
당신의 모습 다시 보는 듯하네.	恍疑更見君顏色 황 의 갱 견 군 안 색
전에 당신 바느질할 때	憶昔君在窓前縫 억 석 군 재 창 전 봉
오늘 내가 옷 입는 모습 못 볼 줄이야.	安知不見今朝着 안 지 불 견 금 조 착
하찮은 이 물건 나에겐 더없이 소중하니	物微猶爲吾所惜 물 미 유 위 오 소 석
다음엔 어디서 당신 솜씨 얻어 입으리오?	此後那從君手得 차 후 나 종 군 수 득
누가 황천에 가서 내 말을 전해 주오.	誰能傳語黃泉下 수 능 전 어 황 천 하
이 모시옷 내 몸에 꼭 맞는다고.	爲說穩稱郞身無罅隙 위 설 온 칭 랑 신 무 하 극

간수하다 물건 따위를 보호하거나 보관하다.
온폭 피륙이나 종이 따위의 본디 그대로의 폭.
황천 저승(사람이 죽은 뒤에 그 혼이 가서 산다고 하는 세상).

◉ 살아생전 아내가 소중하게 간수하던 모시 베를 끊어, 낭군을 위해 옷을 짓다가 그만 세상을 떠나고 말았다. 그 좋던 솜씨로 마름질하고 짓다 만 옷에는 아내의 바느질 자국이 그대로 남아 있다. 어느 아침, 그 옷을 입으니 마치 곁에서 바느질하던 아내를 다시 보는 듯하다. 여느 모시옷이야 흔한 물건에 불과하지만, 아내가 짓다가 남긴 이 모시옷은 남편에게 얼마나 소중한가? 누가 황천에 가서 화자의 말을 전해 줄 수만 있다면 뒤늦게 이렇게 말하고 싶으리라. "당신이 남기고 간 그 모시옷, 내 몸에 한 치도 틀림이 없이 꼭 맞는다오." 그 모시옷은 저승에 간 죽은 아내와 이승에 살아남은 남편을 영원히 이어 주는 다리가 되었다.

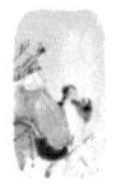

돌아가신 형님을 그리워하며

연암억선형
燕巖憶先兄

박지원

형님 얼굴과 머리털 누구를 닮았나?
선친 그리우면 우리 형님 쳐다봤지.
형님 그리우면 누굴 보아야 하나?
시냇물에 비친 나를 보아야겠지.

我兄顔髮曾誰似
아 형 안 발 증 수 사
每憶先君看我兄
매 억 선 군 간 아 형
今日思兄何處見
금 일 사 형 하 처 견
自將巾袂映溪行
자 장 건 몌 영 계 행

◉ "이덕무가 이 시를 읽고 눈물을 흘리며 말했다. '정이 지극한 말이 사람으로 하여금 하염없이 눈물을 흘리게 하니, 정말 진실하고 절절하다 할 만하다. 내가 선생(박지원)의 시를 읽고서 눈물을 흘린 것이 두 번이었다. 처음에 선생께서 그 누님의 상여를 실은 배를 떠나보내며 읊은 시 '떠나는 이 정녕 뒷기약을 남기지만 / 오히려 보내는 사람 눈물로 옷깃 적시게 하네. / 조각배 이제 가면 언제나 돌아올까? / 보내는 이 하릴없이 언덕 위로 돌아가네.'를 접했을 때다. 나는 이 시를 읽자 눈물이 줄줄 흘러내림을 금할 수 없었다.'"(박종채, 《과정록》에서) 돌아가신 아버지의 모습을 형님에게서 보아 왔는데, 이제 그 형님마저 죽었다. 이제 형님과 아버지가 그리우면 어떻게 해야 하나? 의관을 갖추고 시냇물에 나를 비춰 보면 행여나 볼 수 있을 것이다.

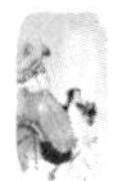

우리 부부 처지를 바꾸리라

도망
悼亡

김정희

언젠가 저승에 가면 월로에게 하소연해	那將月姥訟冥司 나 장 월 모 송 명 사
다음 세상에는 우리 부부 처지를 바꾸리라.	來世夫妻易地爲 내 세 부 처 역 지 위
내가 죽고 당신 천 리 밖에서 살아간다면	我死君生千里外 아 사 군 생 천 리 외
이내 슬픈 마음을 당신이 알 것이네.	使君知我此心悲 사 군 지 아 차 심 비

월로 월하노인(月下老人)의 줄임말. 부부의 인연을 맺게 해 준다는 전설상의 노인.

◉ 김정희는 윤상도의 사건에 연루되어 1840년부터 1848년까지 9년간 제주도로 유배된다. 그 와중에 1842년 후취 부인 예안 이 씨가 죽는다. 김정희는 한 달이 지나서야 부인의 소식을 제주도에서 듣고는 이렇게 글을 적었다. "내가 제주로 유배될 때에도 마음이 흔들리지 않았는데, 이제 부인의 상을 당해서 놀라고 울렁거리고 얼이 빠지고 혼이 달아나서 마음을 다잡을 수 없으니 어인 까닭일까요? …… 푸른 바다, 넓은 하늘처럼 안타까움은 끝이 없습니다." 다음에 다시 태어나서 내가 먼저 죽는다면 내 마음을 알 것이라는 가정은, 부인을 잃은 슬픔의 크기가 어떠한지 잘 보여 준다.

1 〈밤에 다듬질 소리를 듣고〉, 〈한식날〉, 〈기러기〉를 다음처럼 정리해 보자.

	밤에 다듬질 소리를 듣고	한식날	기러기
공간			
계절			
정서			
정서를 불러일으키는 소재			

2 〈친정 생각〉에서 대구(對句)를 찾아 설명해 보자.

3 〈기러기는 북에서 오는데〉를 읽고, 다음 물음에 답해 보자.

1) 화자는 자신의 마음을 무엇에 비유하고 있는가?

2) 계절을 알려 주는 시어를 찾아보자.

3) 남편과 이별한 아픔이 가장 잘 드러난 부분을 말해 보자.

4) 화자가 혹시 남편에게 소식이라도 올까 기대하는 까닭은 무엇인가?

5) 화자인 아내의 소망이 무엇일지 찾아서 말해 보자.

4 **(가) 글을 참고하여, (나)의 〈막내아우 생일에〉 한 부분을 읽고 떠올릴 수 있는 한자 성어를 말해 보자.**

(가)

'수욕정이풍부지(樹欲靜而風不止) 자욕량이친부대(子欲養而親不待)'라는 말이 있다. 나무는 고요하고자 하나 바람이 그치지 아니하고, 자식이 어버이를 봉양하고자 하나 어버이는 기다리지 아니하신다는 말이다.

(나)

어머님의 수고로움 생각하고
은혜 갚으려도 끝이 없구나.
지금 살아 계신대도
겨우 쉰이신 걸.

5 〈아, 내 아이들아〉와 다음 시를 읽고, 두 작품의 공통점과 차이점을 말해 보자.

더러는
옥토에 떨어지는 작은 생명이고저…….

흠도 티도,
금 가지 않은
나의 전체는 오직 이뿐!

더욱 값진 것으로
드리라 하올 제,

나의 가장 나아종 지니인 것도 오직 이뿐!
아름다운 나무의 꽃이 시듦을 보시고
열매를 맺게 하신 당신은,

나의 웃음을 만드신 후에
새로이 나의 눈물을 지어 주시다.

– 김현승, 〈눈물〉

6 〈편지〉의 화자가 봄날 편지를 쓰면서 가을 날짜를 적은 이유를 말해 보자.

7 〈짓다 둔 모시옷〉에서, '모시옷'의 의미를 말해 보자.

8 〈돌아가신 형님을 그리워하며〉에서, 화자가 시냇물에 자신을 비춰 보는 까닭을 말해 보자.

9 〈우리 부부 처지를 바꾸리라〉의 화자가 '다음 세상에는 우리 부부 처지를 바꾸리라.' 라고 한 말의 뜻을 설명해 보자.

2장

늦어진 이별 자리

이 장에는 '벗과의 우정'을 담고 있는 작품을 모았습니다.
박지원은 벗을 두고 '두 번째 나'라고 하였습니다.
이 장을 통해 우리 선조들은 그러한 벗을 두고
어떻게 우정을 만들어 가고 관계를 만들어 갔는지 살펴보도록 합시다.

눈 속에 친구를 찾아갔다가

설중방우인불우
雪中訪友人不遇

이규보

눈빛이 종이보다 희어	雪色白於紙 설 색 백 어 지
채찍으로 내 이름을 썼다.	擧鞭書姓字 거 편 서 성 자
바람아, 눈 쓸지 말고	莫教風掃地 막 교 풍 소 지
벗이 올 때까지 남겨 두어라.	好待主人至 호 대 주 인 지

◉ 친구를 찾아갔다. 친구는 없고, 그냥 헛걸음으로 돌아와야 할 처지다. 말 위에서 보니 눈이 종이보다 하얗다. 옳거니! 말 위에서 채찍으로 눈 위에 내 이름을 썼다. 혹시나 바람이 불어 눈 위에 쓴 내 이름을 지울까 걱정스럽다. 제발 친구가 돌아와 내 이름을 볼 때까지 바람이 불지 않았으면. 요즘처럼 바로바로 소식을 전하기 어렵던 시절, 친구에게 내가 다녀간 것을 재미있게 그려 냈다.

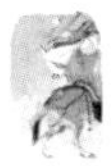

봄바람아, 잘 가거라

조운흘

송춘일별인
送春日別人

좌천되는 아픈 마음 눈물을 뿌리는데
임을 보내며 봄조차 보내네.
봄바람아, 잘 가거라, 미련일랑 두지 말고.
인간 세상 오래 있으면 말다툼만 배우리니.

謫宦傷心涕淚揮
적 환 상 심 체 루 휘
送人兼復送春歸
송 인 겸 부 송 춘 귀
春風好去無留意
춘 풍 호 거 무 류 의
久在人間學是非
구 재 인 간 학 시 비

◉ 화자는 무슨 일로 해서 외관직으로 나아간다. 임과 헤어지는데, 아프게도 봄조차 다 저물어 간다. 그러나 화자는 임과 헤어지는 슬픔 속에서도 자연을 매개로 하여 스스로를 위안한다. 번잡한 인간 세상에 머물러 봐야 옳고 그름을 따지는 말다툼에서 벗어날 수가 없다. 그래서 미련 없이 훌훌 털어 버리고 떠나려는 것이다. 이 시는 왕조가 교체되는 여말 선초에 참여와 은둔 사이에서 고민한 흔적을 보여 준다. 봄바람에게 미련을 두지 말라고 하는 화자의 말은 실상 자기 자신에게 하고 싶은 말이었을 것이다.

풍악산

성석린

송승지풍악
送僧之楓岳

일만 이천 봉은
높고 낮음이 진실로 다르다네.
그대 보게나, 해 돋을 때
높은 곳이 가장 먼저 붉다네.

一萬二千峯
일 만 이 천 봉
高低自不同
고 저 자 부 동
君看日輪出
군 간 일 륜 출
高處最先紅
고 처 최 선 홍

◉ 금강산은 동해에 인접한 명승지인데, '금강(金剛)'이라는 말은 《화엄경》에서, "해동에 보살이 사는 금강산이 있다."라고 한 데서 비롯되었다. 산의 빼어남만큼이나 이름도 계절에 따라 달리한다. 봄에는 금강, 여름에는 녹음이 깔리므로 봉래, 가을에는 단풍으로 곱게 물들어 풍악, 겨울에는 바위만이 앙상한 뼈처럼 드러나 개골이라고 한다. 이 시는 금강산으로 가는 스님에게 주는 말이다. 수많은 봉우리들이 저마다 빼어남을 자랑할 테니, 어느 봉우리가 최고봉인 비로봉일까 헷갈리기 십상이리라. 그렇다면 어떻게 비로봉을 찾을 것인가? 아침에 해 돋을 때 가장 먼저 붉어지는 봉우리가 비로봉임이 분명하다. 짧은 시 속에 자연의 이치를 담아낸다.

흰 구름 속에서 만나

증별이적
贈別李逖

함허당 득통

산 그림자 드리운 강엔 가을 하늘 출렁이는데	江涵山影漾秋空 강 함 산 영 양 추 공
그대는 강 서쪽으로 나는 강 동쪽으로 간다.	君向江西我向東 군 향 강 서 아 향 동
지금 이 자리 의미가 끝이 없으니	此境此時無限意 차 경 차 시 무 한 의
흰 구름 속에서 만나 이야기하세.	相逢相話白雲中 상 봉 상 화 백 운 중

◉ 함허당은 무학 대사의 제자. 제목에 이적과 이별하며 준 시라고 했다. 강에는 산 그림자가 드리웠고, 수면에 가을 하늘이 비쳐 흔들린다. 함허당은 동쪽으로, 이적은 서쪽으로 향한다. 성균관에서 수학하며 유학을 공부하던 함허당은 스물한 살 때 세상의 무상함을 보고 쇠락하는 불교에 눈을 돌려 출가한다. 이 시는 그때 지어진 것으로 추측된다. 함허당이 가려는 출세간의 길과 이적이 가려는 유학자의 길은 서로 다르다. 헤어지면서 나눌 말은 많지만, 함허당은 이적에게 흰 구름 속, 곧 절에서 만나 이야기하자고 한다. 자신이 선택한 길에 대한 강한 의지가 드러난다.

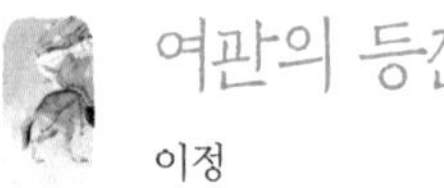

여관의 등잔불

이정

기군실
寄君實

여관의 새벽 등불은 희미하고
외로운 성에 가을 비 가늘다.
그대를 생각하는 마음 끝이 없어
천 리나 긴 강물처럼 흐른다.

旅館殘燈曉
여 관 잔 등 효
孤城細雨秋
고 성 세 우 추
思君意不盡
사 군 의 부 진
千里大江流
천 리 대 강 류

◉ 화자는 어느 가을 여관에 들었다. 객지에서 느끼는 쓸쓸함과 시름으로 새벽이 되도록 잠을 이루지 못하는데, 가랑비가 소리 없이 듣는다. 왜 화자는 밤이 다하도록 잠을 이루지 못했을까? 그 이유를 화자는 3구와 4구에서 말한다. 바로 천 리나 흐르는 긴 강물처럼 그대를 생각하는 마음 때문이다. 여관, 가을, 가랑비라는 소재는 화자의 객회를 효과적으로 드러낸다. 그러나 이 시에는 나그네의 쓸쓸함보다 그리움이 짙게 깔려 있다. 이정은 성종의 형으로, 우리에게 월산 대군이란 이름으로 더 잘 알려져 있다.

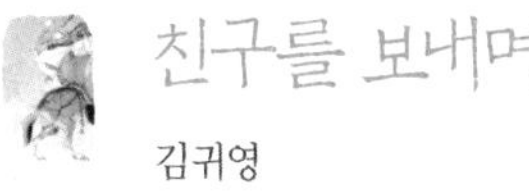

친구를 보내며

김귀영

봉정사우당귀향
奉呈四友堂歸鄕

서교에서 바삐 헤어지며
봄바람에 술잔 나누었다.
푸른 산에 임 아니 뵈고
저물녘에 혼자 돌아왔다.

草草西郊別
초 초 서 교 별
春風酒一盃
춘 풍 주 일 배
青山人不見
청 산 인 불 견
斜日獨歸來
사 일 독 귀 래

◉ 이 시는 시인이 일흔한 살 때(1590)에 지은 것이다. 친구가 고향으로 돌아가나 보다. 헤어지기 섭섭해 서대문 밖 어느 곳에서 술잔을 나누며 바삐 헤어졌다. 고향으로 돌아가는 일이 급해서인지 바삐 떠나간다. 화자는 그런 친구의 뒷모습을 멍하니 바라본다. 어느새 산모롱이를 돌아가니 푸른 산에 가려 사라지고 더 이상 보이질 않는다. 화자는 저물녘에 혼자 터덜터덜 집으로 돌아온다. 이제 다시 보지 못할 일흔 살의 헤어짐이니 얼마나 마음이 시렸을지 눈에 선하다.

작별

임제

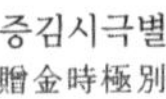

비로 또 하룻밤 같이 지내고
비 갠 아침 헤어지기 괴롭다.
그대 말리는 내 마음 부끄러워라.
앞 강에 내린 비보다 못하구나.

天雨夜連床
천 우 야 련 상
天晴朝別苦
천 청 조 별 고
慚吾挽客情
참 오 만 객 정
不及前江雨
불 급 전 강 우

◉ 다행히 지난밤 비가 내려 친구와 하루를 더 같이 보낼 수 있었다. 아침에 깨어 보니 비가 그쳐 야속하기만 하다. 이제 떠나려는 친구를 더 이상 붙들 말이 없다. 강물을 불린 저 비만도 못한 화자의 마음이 부끄럽기만 하다. 박지원은 친구를 '두 번째의 나(第二吾)'라고 했다. 영어에서 '친구(friend)'는 '사랑하는 사람(lover)'의 뜻을 가진 말에서 나왔다. 아무 말 없이 하룻밤을 보낼 수 있는 친구가 그리운 시대에 우리는 살고 있다.

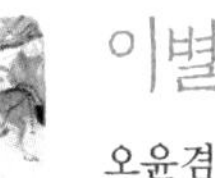

이별

오윤겸

증별
贈別

둘 모두 흰 머리카락 드리웠으니	兩翁衰白各垂垂 양 옹 쇠 백 각 수 수
이날 새삼 멀리 이별할 때가 아니라네.	此日殊非遠別時 차 일 수 비 원 별 시
이별에는 헤어짐의 괴로움 말할 뿐	臨分只道相離苦 임 분 지 도 상 리 고
서로 다시 만날 날을 말하지 못하네.	不道相逢有後期 부 도 상 봉 유 후 기

◉ 헤어지는 두 사람 모두 늙어 버려, 이제 서로 헤어지면 다시 만날 날을 기약하기 어렵다. 마음 아프지만 헤어짐은 막을 수 없다. 삶에 죽음이 따라붙듯, 만남엔 반드시 헤어짐이 있기 마련이다. 그래서 두 사람은 서로 헤어지는 아픔을 이야기한다. 그러나 누가 알겠는가? 헤어짐의 아픔보다 더 큰 그리움이 있을 줄을. 그렇지만 그것은 이날 다음의 문제니, 우선에야 헤어짐의 아픔을 나누는 수밖에 없는 것이리라. 박지원이 쓴 누님의 묘지명에, "떠나는 이 정녕 뒷기약을 남기지만 / 오히려 보내는 사람 눈물로 옷깃 적시게 하네."라고 한 것과 같은 서글픔이 배어 있다.

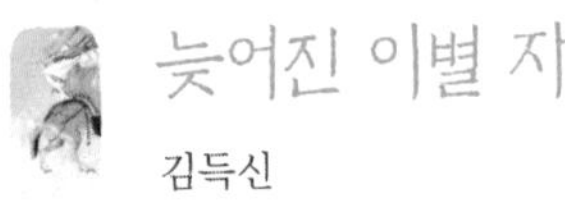

늦어진 이별 자리

김득신

송별
送別

이별의 자리 늦어진 것은
다음 만남 기약하기 어려워서였네.
생각하니 서호에는 봄빛이 일러
남으로 난 가지에는 매화 피었겠지.

離筵何事送君遲
이 연 하 사 송 군 지
此後相逢未易期
차 후 상 봉 미 이 기
忽憶西湖春色早
홀 억 서 호 춘 색 조
小梅應發向南枝
소 매 응 발 향 남 지

◉ 조선의 독서가로 가장 유명한 사람이 김득신일 듯하다. 그러나 어리석어 열 살이 되어서야 겨우 글을 배웠지만 그것도 금방 잊어버렸다. 그는 〈독서기〉에 자기가 읽은 횟수를 적어 두었는데, 《사기》의 〈백이 열전〉은 무려 십만 번이나 읽었다고 하였다. 심지어 그는 딸과 아내를 잃은 자리에서도 〈백이 열전〉을 읽었다고 한다. 정약용도 그를 두고, "글자가 생긴 다음 독서에 부지런하고 뛰어난 이로는 당연히 백곡이 으뜸"이라고 하였다. 그는 자기의 서재를 '억만재(億萬齋)'라고 이름하였다. 이런 노력으로 쉰아홉 살이 되어서야 겨우 과거에 급제했지만, 그는 당대를 대표하는 시인이 되었다. 이런 백곡이 친구와 이별하는 자리를 마련한 듯하다. 이번에 헤어지면 다음 만남을 기약하기 어렵다. 이렇게 떠나보낸 사람이 얼마였던가? 누구의 삶인들 이렇지 않으랴? 마지막 두 줄에 있는 봄날의 정서는 늙어 이별하는 화자를 더욱 쓸쓸하게 만든다.

1 〈봄바람아, 잘 가거라〉에서, 현실에 대한 화자의 부정적인 인식이 드러나 있는 부분을 찾아보자.

2 〈풍악산〉의 결구를 통해 화자가 스님에게 하고 싶어 하는 말을 추측해 보자.

3 〈흰 구름 속에서 만나〉에서, '흰 구름 속'의 함축적인 의미를 말해 보자.

4 〈여관의 등잔불〉에서, 화자가 벗을 그리워하는 마음이 형상화된 표현을 찾아보자.

5 〈작별〉에서, 화자가 자신(자신의 마음)이 강에 내린 비보다 못하다고 하는 까닭을 말해 보자.

6 〈이별〉에서, '서로 다시 만날 날을 말하지 못하네.'라고 한 까닭을 말해 보자.

3장

우리 인연 무거워요

이 장에는 '사랑과 그리움'을 담고 있는 작품을 모았습니다.
사랑과 그리움은 시간과 공간을 뛰어넘어 늘 우리와 함께하고 있습니다.
시, 소설을 비롯한 문학에서만이 아니라, 영화나 드라마, 음악, 미술 등
모든 예술에서 소재가 되고 있는 것이 바로 사랑과 그리움입니다.

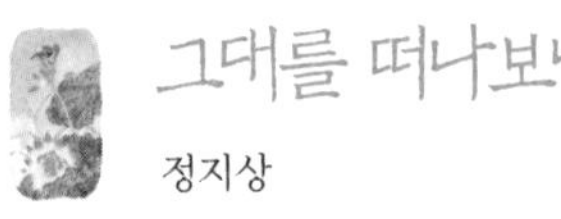

그대를 떠나보내며

정지상

송인
送人

비 갠 긴 둑에 풀빛 푸른데	雨歇長堤草色多 우 헐 장 제 초 색 다
남포에서 그대를 보내니 노랫가락 구슬퍼라.	送君南浦動悲歌 송 군 남 포 동 비 가
대동강 물은 어느 때나 마를 것인가?	大同江水何時盡 대 동 강 수 하 시 진
해마다 이별의 눈물 푸른 물결에 더하거니.	別淚年年添綠波 별 루 년 년 첨 록 파

남포 평양 대동강 남쪽에 있던 포구. 옛날 남쪽으로 내려가는 사람은 이곳에서 이별하고, 북쪽으로 가는 사람은 보통문(普通門)에서 이별했다고 한다.

◉ 헤어짐은 누구나 겪는다. 화자도 그런 헤어짐을 아프게 이야기한다. 봄날 비가 그치니 풀들이 더 푸르다. 푸른 풀빛은 화자의 아픈 마음과 대비되어 화자의 비극적 심정을 더욱 심화시켜 준다. 늘상 보던 풀빛이지만, 그것이 더 푸르게 보이는 것은 화자의 마음이 그만큼 아프기 때문이다. 얼마나 많은 헤어짐의 눈물이 있기에, 화자는 그 눈물 때문에 대동강 물이 마를 리가 없다고 말한다. 우리 한시 중 헤어짐을 이렇게 아름답게 노래한 시는 찾아보기 어렵다. 이 시는 당나라 시인 왕유의 〈송원이사안서(送元二使安西)〉와 아주 닮았다.

위성의 아침 비가 먼지를 적시니	渭城朝雨浥輕塵	위성조우읍경진
객사의 푸른 버들 더욱 푸르다.	客舍青青柳色新	객사청청유색신
다시 그대에게 한 잔 술을 권하노니	勸君更進一杯酒	권군갱진일배주
서쪽 양관을 나서면 아는 이 없으리라.	西出陽關無故人	서출양관무고인

오늘 밤은 이 꽃과 주무세요

절화행
折花行

이규보

진주 같은 이슬 머금은 모란	牧丹含露眞珠顆 목 단 함 로 진 주 과
미인은 그 꽃 꺾어 창 앞을 지나가며	美人折得窓前過 미 인 절 득 창 전 과
웃음 짓고 낭군에게 묻는다.	含笑問檀郎 함 소 문 단 랑
"꽃이 예쁜가요? 제 얼굴이 예쁜가요?"	花强妾貌强 화 강 첩 모 강
낭군은 일부러 장난으로,	檀郎故相戱 단 랑 고 상 희
"꽃이 더 예쁜걸." 한다.	强道花枝好 강 도 화 지 호
미인은 그 말에 샘이 나	美人妬花勝 미 인 투 화 승
꽃을 던져 버리고 밟으면서,	踏破花枝道 답 파 화 지 도
"이 꽃이 저보다 예쁘거든	花若勝於妾 화 약 승 어 첩
오늘 밤은 이 꽃과 주무세요." 한다.	今宵花同宿 금 소 화 동 숙

◉ 갓 시집온 어린 아내가 예쁜 꽃을 꺾어 들었다. 아내는 남편에게 꽃이 예쁜지 자신이 예쁜지 묻는다. 그때 남편은 짐짓 아내에게 장난을 친다. 꽃이 더 예쁘다고. 뾰로통해진 아내가 꽃을 던지고는 남편에게 엄포를 놓는다. 오늘 밤은 '국물도 없어요.'라고. 예나 지금이나 부부의 사랑은 다른 게 없다.

가을밤 길어라

성현

추야장
秋夜長

가을밤 길어라 가을밤 길어라.	秋夜長秋夜長 추 야 장 추 야 장
구름 사이로 밝은 달빛 맑게 흐르는데	雲間明月流淸光 운 간 명 월 유 청 광
하늘은 맑고 이슬은 함빡	天澹澹露瀼瀼 천 담 담 노 양 양
난초 잎 돋고 국화 꽃 피었네.	蘭有秀菊有芳 난 유 수 국 유 방
임은 아득히 멀리 있고	良人遠在天一方 양 인 원 재 천 일 방
나는 눈물 흘리며 빈방에서 시름하네.	紅鉛洗淚愁空房 홍 연 세 루 수 공 방
기러기 남으로 날아오지만	鴻雁南飛翔 홍 안 남 비 상
임에게선 편지가 없네.	尺書不得將 척 서 부 득 장
길은 험하고 멀어	道路阻且長 도 로 조 차 장
꿈에서도 아득하여라.	魂夢空茫茫 혼 몽 공 망 망
밤 깊어 다듬이 소리에 애가 끊어지는데	夜深擣衣暗斷腸 야 심 도 의 암 단 장
적막한 비단 이불 누굴 위해 향기롭나?	錦衾寂寥爲誰香 금 금 적 료 위 수 향

◉ 길고 긴 가을밤, 구름 사이로 달빛이 맑게 흐른다. 난초는 새 잎이 돋고, 국화는 꽃을 피웠다. 편지를 전한다는 기러기가 남쪽으로 날아오지만, 임에게서는 편지가 없다. 화자는 그런 야속한 임과의 거리가 꿈속에서도 아득히 멀다고 하소연한다. 빈방을 지키는 화자의 외로움은 깊은 밤까지 이어지는 다듬이 소리와 적막한 비단 이불을 통해 더욱 크게 느껴진다.

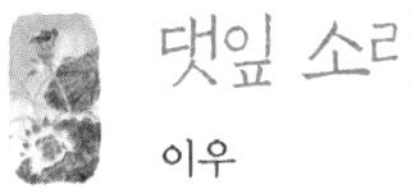

댓잎 소리

이우

우계현헌운
羽溪縣軒韻

창에 눈보라 치고 촛불 희미한데
달빛에 소나무 그림자 처마에 어른댄다.
밤 깊어 알겠네, 산바람 지나는 줄.
담 너머 쓸쓸한 댓잎 소리.

雪逼窓虛燭減明
설 핍 창 허 촉 감 명
月篩松影動西榮
월 사 송 영 동 서 영
夜深知得山風過
야 심 지 득 산 풍 과
墻外蕭騷竹有聲
장 외 소 소 죽 유 성

◉ 이 시는 1510년 시인이 강원도 관찰사로 있으면서 관동을 유람하고서 쓴 것이다. 시인은 눈 오는 겨울, 우계현(오늘날 강릉시 옥계면) 객사에 들었다. 창에는 눈보라가 치고 방 안은 썰렁하다. 문틈으로 새어 들어오는 바람으로 촛불이 흔들린다. 밖을 내다보니, 체로 거른 듯 비치는 달빛에 소나무 그림자가 처마에 내렸다. 객사 담장 너머에서는 바람에 댓잎 소리가 쓸쓸하게 들린다. 그것은 밤에 불어오는 차가운 산바람이기에 화자를 더욱 감상적으로 만든다. 1·2구의 '희미하다, 어른댄다'라는 시각적 시어와 3·4구의 '지나는 산바람, 담 너머 댓잎 소리'라는 청각적 시어는, 객지에서 느끼는 화자의 쓸쓸함을 더욱 짙게 만든다.

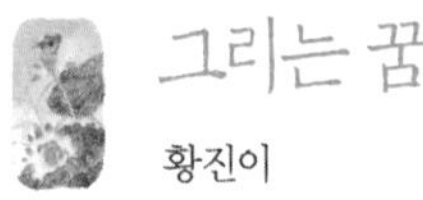

그리는 꿈

황진이

상사몽
相思夢

그리운 임은 꿈에서나 만날 뿐
내가 임을 찾아갈 때, 임은 나를 찾아왔네.
아득하여라, 바라거니 다른 날 밤 꿈에는
오가는 그 길에서 임과 함께 만나기를.

相思相見只憑夢
상 사 상 견 지 빙 몽
儂訪歡時歡訪儂
농 방 환 시 환 방 농
願使遙遙他夜夢
원 사 요 요 타 야 몽
一時同作路中逢
일 시 동 작 노 중 봉

◉ 제목 '상사몽'은 수선화과의 여러해살이풀인 '상사화(相思花)'를 떠올린다. 잎이 있을 때는 꽃이 없고, 꽃이 필 때는 잎이 없어 상사화라는 이름이 붙었다. 이 시에 등장하는 화자와 임도 마찬가지다. 화자가 임을 찾아갈 때, 임도 화자를 찾아간다. 그래서 화자와 임은 만날 수가 없다. 그래서 화자는 다른 날 밤 꿈에서는 오가는 그 길에서 만나기를 소망한다. 간결하면서도 재미있는 상황 묘사다. 이 시를 쓴 황진이는 조선 중종 때 기생으로 서경덕, 박연 폭포와 더불어 송도삼절이라 불렸다. 시가에 능하여 당대의 석학 서경덕과 사제 관계를 맺기도 했다.

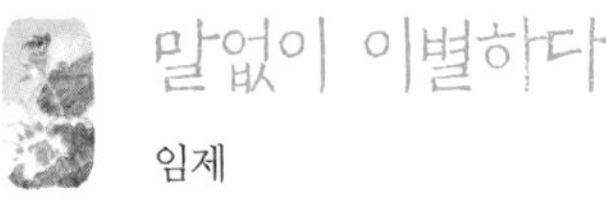

말없이 이별하다

임제

무어별
無語別

열다섯 살 아리따운 처자
부끄러워 말도 못 하고 헤어졌네.
돌아와 안팎 문 닫고는
배꽃처럼 하얀 달 보며 눈물짓는다.

十五越溪女
십 오 월 계 녀
羞人無語別
수 인 무 어 별
歸來掩重門
귀 래 엄 중 문
泣向梨花月
읍 향 이 화 월

◉ 이 시와 비슷한 시기에 셰익스피어가 쓴 〈로미오와 줄리엣〉에서 줄리엣은 열네 살이다. 뒤에 나온 〈숙향전〉의 숙향은 열다섯 살, 〈춘향전〉의 춘향은 열여섯 살이다. 이 시의 주인공도 열다섯 살의 아리따운 아가씨이다. 무슨 일로 떠나는 임(아마도 남편일 것이다. 조선의 최고 법전인 《경국대전》에는 여자 나이 열네 살부터 혼인을 허용한다는 규정이 있다.)과 헤어지면서 부끄러워 마음속 말도 못 했다. 임을 보내고 안팎 문을 닫고는 배꽃처럼 하얀 달(또는 달빛 비친 배꽃)을 보며 눈물짓는다. 갓 시집온 아리따운 처자의 임에 대한 사랑과 자신의 감정을 드러내지 못하는 한스러움 사이의 미묘한 감정이 섬세하게 그려져 있다.

우리 인연 무거워요

허봉

낭천염곡
狼川艷曲

생각하면 근심은 어쩌지 못하고 相憶愁無奈
상 억 수 무 내
서로 만나면 뜻은 깊어져요. 相逢意轉深
상 봉 의 전 심
소양정 아래 흐르는 물이 昭陽亭下水
소 양 정 하 수
우리 두 사람 마음이에요. 那似兩人心
나 사 양 인 심

어제 저녁 봄바람이 세차더니 向晩東風急
향 만 동 풍 급
꽃이 날려 하늘에 가득하네요. 飛花雪滿天
비 화 설 만 천
화장 그만두지 않으니 鉛華不可住
연 화 불 가 주
좋은 봄도 서글프네요. 惆悵艷陽年
추 창 염 양 년

험한 비탈길 지나고 崎嶇尋磴棧
기 구 심 등 잔
굽이굽이 돌아 하늘에 올라요. 屈曲上雲霄
굴 곡 상 운 소
제 마음 깊고 얕음 묻지 마세요. 莫問情深淺
막 문 정 심 천
동해도 건널 수 있어요. 東溟亦可超
동 명 역 가 초

강에는 비가 계속 내리고 江雨下霏霏
강 우 하 비 비
구름이 푸른 산을 둘렀어요. 瞑雲籠翠微
명 운 농 취 미
우리 인연이 무거우니 應緣妾意重
응 연 첩 의 중
당신 떠나게 하지 않을래요. 不放阮郎歸
불 방 완 랑 귀

비단으로 치마끈을 만들어
허리에 둘러요.
그 치마끈 푸는 날은
당신 돌아올 때랍니다.

錦作羅裙帶
금 작 나 군 대
纖腰束一圍
섬 요 속 일 위
他年自解日
타 년 자 해 일
定覺藁砧歸
정 각 고 침 귀

세상사 늘 근심이라
헤어짐이 따라오네요.
무정하여라, 산길은
왜 나누어진 건가요?

世故常爲累
세 고 상 위 루
從來有別離
종 래 유 별 리
無情山外路
무 정 산 외 로
何事亦分歧
하 사 역 분 기

◉ 낭천은 강원도 화천의 옛 이름. 허봉은 허난설헌의 오빠이자 허균의 형이다. 1585년, 서른다섯 살의 허봉은 춘천 지방을 방랑하며 지냈다. 이 시는 당시 화천 지방에서 불리던 노래를 채록해 기록한 것으로 보인다. '화장', '당신', '치마끈' 등은 이 노래의 화자가 여자임을 알려 준다. 화자는 임에 대한 그리움과 임과의 이별로 인한 아픔을 노래한다. 소양정 아래 흐르는 물처럼 깊은 사랑을 떠올리기도 하고, 봄바람에 떨어져 날리는 꽃을 보고 이별의 아픔을 노래하기도 한다. 그러나 화자의 사랑은 굳고 단단하다. 임을 만나기 위해서라면 어떤 어려움도 이겨 내리라는 화자의 의지가 드러난다.

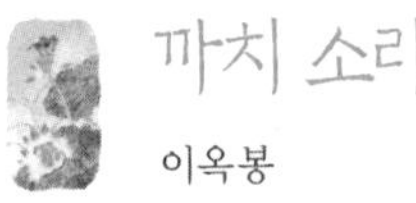

까치 소리

이옥봉

규정
閨情

약속해 놓고선 왜 안 오시나?
뜰의 매화는 다 지려 하는데.
문득 나뭇가지의 까치 소리를 듣고
하릴없이 거울 보고 눈썹 그리네.

有約來何晚
유 약 내 하 만
庭梅欲謝時
정 매 욕 사 시
忽聞枝上鵲
홀 문 지 상 작
虛畫鏡中眉
허 화 경 중 미

◉ 시간이 흘러 봄이 간다. 뜰에 핀 매화꽃도 한 잎 두 잎 지고 있다. 매화꽃 피기 전에 오마 하시던 임은 꽃이 다 져 가는데도 오시질 않는다. 피어 있는 매화꽃이 다 질까 조마조마하다. 그때 문득 나뭇가지 위에서 까치가 운다. 아침에 까치가 울면 좋은 일이 있다는 속담을 떠올린다. 화자가 기다리던 반가운 임이 오실 것만 같아 거울을 보고 눈썹을 그린다. 그러나 그것은 하릴없는 짓이다. '하릴없이(虛)'라는 말에는 깊은 슬픔이 배어 있다. 이옥봉은 양반의 딸로 태어났지만 서녀였기 때문에 정실부인이 되지 못하고 조원(趙瑗, 1544~1595)의 첩이 되었다. 그녀의 시는 후손이 엮은 《가림세고》에 서른두 편이 전한다.

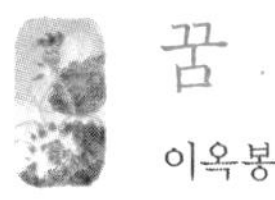

꿈

이옥봉

이옥봉행적
李玉峰行蹟

임이여, 요즈음은 어떻게 지내시나요?	近來安否問如何 근 래 안 부 문 여 하
달이 창에 들 때면 제 설움 끝이 없습니다.	月到紗窓妾恨多 월 도 사 창 첩 한 다
만약 내 꿈이 다니는 자취가 있다면	若使夢魂行有跡 약 사 몽 혼 행 유 적
문 앞 돌길은 이미 모래가 되었으리라.	門前石逕已成沙 문 전 석 경 이 성 사

◉ 이옥봉의 남편인 조원의 후손 조정만의 문집 《오재집》에 실린 〈이옥봉 행적〉을 보면, 이 시가 창작된 배경이 다음처럼 실려 있다. 옥봉은 조원과 혼인하면서 시를 짓지 않겠다고 약속했는데, 어떤 일로 옥봉이 써 준 시 한 편이 관가의 판결에 영향을 미치게 되는 일이 일어났다. 조원이 약속을 지키지 않았다고 옥봉을 친정으로 내쫓았다. 친정으로 쫓겨나 쓴 시가 바로 이 시이다. 그래서 이 시에는 쫓겨난 한스러움과 남편에 대한 그리움이 담겨 있다. 조정만은 이 시를 두고, "말뜻이 슬프고 애처로워 사람들을 깊이 감동시켰다."라고 했지만, 조원은 이옥봉을 다시 받아들이지 않았다. 이명한(1595~1645)의 다음과 같은 시조도 전한다.

꿈에 다니는 길이 자취곳 날작시면
임의 집 창밖에 석로(釋老)라도 닳으리라.
꿈 길이 자취 없으니 그를 슬퍼하노라.

그리워라, 저 북쪽 바닷가

김려

문여하소사
問汝何所思

그대 어딜 생각하나?
그리워라, 저 북쪽 바닷가.
생각하면 할수록 더욱 생각나
내 넋은 슬프게 스러질 뿐.
넋은 스러져도 생각은 멈출 수 없어
어리석은 듯, 미친 듯, 또 부끄러운 듯.
방 안을 서성이며 혼잣말 하니
구곡간장 끊어지고 괴로이 머리 숙이네.
천 번 만 번 생각해도 어쩔 수 없어
차라리 이젠 생각을 끊어야지.
생각 끊자 해도 끊지 못하고 또 생각하니
간과 허파가 타는 듯 마음 서러워.

問汝何所思
문 여 하 소 사
所思北海湄
소 사 북 해 미
思之愈久愈不止
사 지 유 구 유 부 지
黯然銷魂而已矣
암 연 소 혼 이 이 의
魂旣銷盡思不休
혼 기 소 진 사 불 휴
如癡如狂復如羞
여 치 여 광 부 여 수
徊徨繞壁還自語
회 황 요 벽 환 자 어
腸回九曲苦低頭
장 회 구 곡 고 저 두
千較萬量總無力
천 교 만 량 총 무 력
不如從今斷相憶
불 여 종 금 단 상 억
欲斷未斷思又生
욕 단 미 단 사 우 생
肝肺如焚心如衋
간 폐 여 분 심 여 혁

◉ 1797년, 김려는 강이천의 사건에 연루되어 부령으로 유배되었다가 1801년 진해로 유배지가 옮겨지고 1806년까지 십 년간 유배 생활을 한다. 진해 유배 중에 이전 부령을 그리워하며 쓴 것이 〈사유악부〉 290편이다. 시는 부령의 다양한 인물과 풍속을 소재로 하였는데, 특히 기생 연희와의 사랑을 다룬 시가 많다. 이 작품은 〈사유악부〉의 맨 마지막 편이다. '사유(思牖)'는 생각하는 창문이란 뜻이다. 그는 진해로 유배지가 옮겨진 다음 이전 부령에서 만난 사람들에 대해 각별한 애정을 가지고 직접 보고 겪은 그들의 삶을 생생하고 사실적으로 묘사하고 있다.

달 뜨면 오신다더니

능운

대낭군
待郎君

달 뜨면 오신다더니
달 떠도 임은 안 오시네.
아마도 우리 임 계신 곳은
산이 높아 달도 늦게 뜨나 봐.

郎云月出來
낭 운 월 출 래
月出郎不來
월 출 낭 불 래
想應君在處
상 응 군 재 처
山高月上遲
산 고 월 상 지

◉ 달이 뜨면 오신다던 임의 약속에 화자는 초저녁부터 임이 오시나 기다렸다. 그런데 한밤이 되어 하늘 가운데 하얗게 휘영청 달이 올랐는데도 임은 오시지 않는다. 그런데도 화자는 임에 대한 원망을 드러내지 않고 오히려 임을 편들어 감싸 준다. 아마도 임이 계신 곳은 산이 높아 저 달이 뜨지 않아 오시지 않았노라고. 사랑은 여러 가지로 등식화할 수 있지만, 그 가운데 하나가 '기다림'이다. 오늘날 흔하게 볼 수 있는 귀화 식물인 달맞이꽃은 영어로 'Evening Primrose', 꽃말은 '기다림'이다. Tony Orlando & Dawn이 부른 〈떡갈나무에 걸린 노란 리본(Tie A Yellow Ribbon Round The Ole Oak Tree)〉도 사랑은 기다림이란 것을 노래한다.

1 〈그대를 떠나보내며〉를 읽고, 다음 물음에 답해 보자.

1) '비 갠 뒤 푸른 풀빛'이 화자에게 가져다주는 느낌을 말해 보자.

2) 3구와 4구의 관계를 말해 보자.

3) 옛사람이 지은 시문의 격식을 취하되 그것을 새로이 고쳐 더 훌륭한 시문을 짓는 것을 '점화(點化)'라고 한다. 정지상이 '해설' 내용에 있는 왕유의 〈송원이사안서〉의 어떤 구절을 점화했는지 설명해 보자.

2 〈가을밤 길어라〉를 읽고, 다음 물음에 답해 보자.

1) 가을을 알려 주는 시어나 구절을 찾아보자.

2) 임과 떨어져 홀로 있는 화자의 처지를 보여 주는 시어를 찾아보자.

3) 임과 떨어져 있는 아픔이 가장 크게 나타난 구절을 찾아보자.

생각할 거리

3 〈댓잎 소리〉에서, 화자가 댓잎 소리를 쓸쓸하게 느끼도록 만든 상황을 설명해 보자.

4 〈그리는 꿈〉을 읽고, 다음 물음에 답해 보자.

1) 2구를 한자 성어로 설명해 보자.

2) 화자가 현실에서 그리운 이와 함께할 수 없음을 드러내는 구를 찾아보고, 그 이유를 추측해 보자.

5 〈말없이 이별하다〉에서, 임에 대한 사랑과 자신의 감정을 드러내지 못하는 한스러움이 드러난 구절을 찾아보자.

6 〈우리 인연 무거워요〉의 다음 구절에 담긴 뜻을 말해 보자.

1) 소양정 아래 흐르는 물이
우리 두 사람 마음이에요.

2) 화장 그만두지 않으니
좋은 봄도 서글프네요.

3) 제 마음 깊고 얕음 묻지 마세요.
동해도 건널 수 있어요.

4) 그 치마끈 푸는 날은
당신 돌아올 때랍니다.

7 〈까치 소리〉에서, '하릴없이(虛)'에 들어 있는 화자의 마음을 말해 보자.

8 〈꿈〉의 구성 방식을 설명해 보자.

9 〈그리워라, 저 북쪽 바닷가〉에서, 아래와 같은 표현이 나타난 구절을 찾아보자.

반어(irony)

표현의 효과를 높이기 위하여 실제와 반대되는 뜻의 말을 하는 것을 일컫는 문학 용어이다. 아이러니(irony)의 어원은 초기 그리스 희극에 나오는 에이론(Eiron)이다. 작고 연약하지만 재치가 있는 에이론은 약자를 괴롭히는 알라존(Alazon)과 맞서 이긴다. 에이론이 자신의 재능을 숨기고 약한 체하면서 알라존을 이기는 것처럼, 반어는 겉으로 나타난 뜻과 숨겨진 뜻 사이의 괴리(모순)를 통해 이해된다. 못난 사람을 보고 '잘났어.'라고 한다든지, 너무 웃기는 일이 일어났을 때 '우습지도 않군.' 하는 것을 반어라고 할 수 있다.

10 〈달 뜨면 오신다더니〉의 3구와 4구에 담긴 화자의 정서를 말해 보자.

4장

한산도의 밤

이 장에는 '충절과 기개'를 담고 있는 작품을 모았습니다.
나라가 위기에 처했을 때마다 자신을 던져 의(義)를 실천한 모습은
오늘날 우리가 어떻게 살아야 하는지
하나의 본보기를 제시해 주고 있습니다.

망부석

김종직

동도악부-치술령
東都樂府-鵄述嶺

치술령 고갯마루 일본을 바라보니	鵄述嶺頭望日本 치 술 령 두 망 일 본
하늘과 잇닿은 바다 끝이 없어라.	粘天鯨海無涯岸 점 천 경 해 무 애 안
남편 떠날 때에 손만 흔들더니	良人去時但搖手 양 인 거 시 단 요 수
살았는지 죽었는지 소식이 없구나.	生歟死歟音耗斷 생 여 사 여 음 모 단
소식이 끊어지고 길이 이별하니	音耗斷長別離 음 모 단 장 별 리
죽은들 산들 서로 만날 때가 있으랴.	死生寧有相見時 사 생 녕 유 상 견 시
하늘에 부르짖다 망부석이 되었으니	呼天便化武昌石 호 천 변 화 무 창 석
매운 기운이 천년 하늘을 찌르는구나.	烈氣千載干空碧 열 기 천 재 간 공 벽

◉ 박제상이 처음 고구려로 가서 신라 눌지왕의 동생 복호를 구해 왔다. 이어 박제상은 처자도 보지 않고 눌지왕의 동생 미사흔을 구하기 위해 왜국으로 떠났다. 이에 그의 아내가 바닷가에 이르러 박제상을 향해 소리쳤으나 박제상은 손만 흔들고 가 버렸다. 박제상이 미사흔을 구하고 일본에서 죽자 그의 아내는 남편을 그리워하여 치술령에 올라가 왜국을 바라보고 통곡하고는 죽어서 치술령의 신모가 되었다. 돌아올 수 없는 길을 선택한 남편에 대한 원망과 그리움이 천년 하늘을 업신여기듯 맵다.

대장부

남이

정남
征南

백두산 돌은 칼을 갈아 없애고	白頭山石磨刀盡 백 두 산 석 마 도 진
두만강 물은 말을 먹여 없애리라.	豆滿江流飮馬無 두 만 강 류 음 마 무
사나이 스물에 오랑캐를 평정하지 못한다면	男兒二十未平北 남 아 이 십 미 평 북
후세에 누가 나를 대장부라 할 것인가?	後世誰稱大丈夫 후 세 수 칭 대 장 부

◉ 남이는 태종의 외증손으로 1467년 이시애의 난을 진압하여 이름을 떨치고 스물일곱 살에 병조 판서가 되었다. 이 시에는 무인의 호방한 기상이 잘 드러나 있다. 남이는 유자광의 모함으로 죽었는데, 유자광은 3구의 '北(북)'을 '國(국)'으로 바꾸어 고변하였다고 한다. '사나이 스물에 나라를 평정한다.'라고 해서 반역죄로 죽인 것이다. 그렇게 바꾸지 않더라도, 이 시는 무인의 호방한 기상과 정치적 야망, 더 나아가 역모의 경계를 아슬아슬하게 넘나든다. 일찍이 이수광은 《지봉유설》에서 이 시를 두고, "그 말뜻이 함부로 날뛰어 평온한 기상이 없으니 화를 면하기가 어려웠다."라고 평했다.

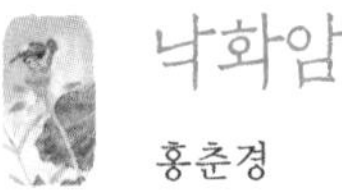

낙화암

홍춘경

백마강
白馬江

나라 망하니 산과 물이 옛날과 다른데
강엔 달만 남아 몇 번이나 차고 기울었나?
낙화암 위에 아직도 꽃이 있으니
그때 비바람도 다 떨어뜨리지 못하였네.

國破山河異昔時
국 파 산 하 이 석 시
獨留江月幾盈虧
독 류 강 월 기 영 휴
落花巖上花猶在
낙 화 암 상 화 유 재
風雨當年不盡吹
풍 우 당 년 부 진 취

◉ 낙화암(落花巖)은 백제의 마지막 서울이었던 부여 부소산에 있는 큰 바위다. 백제가 망할 때 삼천 궁녀가 이 바위에서 백마강에 몸을 던져 죽어 이름을 낙화암이라고 한다. 화자는 부여를 찾아 백제의 멸망을 떠올린다. 나라가 망하고 보니 산과 물은 달라졌다. 그러나 여전히 강 위엔 달이 그때처럼 떠오른다. 꽃이 떨어진 바위 낙화암 위에 아직도 꽃이 남았다는 표현은 발상이 신선하다. 화자가 지금 바라보는 꽃은 바로 백제 멸망과 함께 사라진 삼천 궁녀인 것이다. 과거와 현재의 모든 것이 '아직도(猶)'라는 말에 고스란히 담겨 있다.

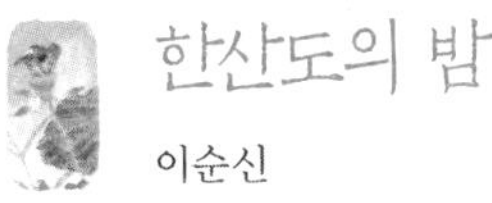

한산도의 밤

이순신

한산도야음
閑山島夜吟

수국에 가을빛 저물고
기러기는 진영 높이 난다.
시름으로 뒤척이는 밤
새벽달이 활과 칼을 비춘다.

水國秋光暮
수 국 추 광 모
驚寒鴈陣高
경 한 안 진 고
憂心輾轉夜
우 심 전 전 야
殘月照弓刀
잔 월 조 궁 도

◉ 이순신은 조선 선조 때의 무신으로, 1592년 임진왜란이 일어나자 전라 좌도 수군절도사로 옥포 해전(1592), 한산도 해전(1592) 등을 승리로 이끌고, 1593년 8월 삼도수군통제사가 되어 한산도에 본영을 설치하고 1597년 2월 해임될 때까지 3년 8개월 동안 생활하였다. 이 시는 한산도에서 통제사로 있을 때 쓴 것이다. 바다에 가을빛이 저물고 기러기가 나는데, 화자는 전란에 대한 걱정으로 새벽이 되도록 잠을 이루지 못한다. 나라를 걱정하는 마음이 어떠했는지 잘 보여 준다.

무궁화 우리나라가

황현

절명시
絕命詩

난리 가운데 허옇게 센 머리 되어
몇 번이나 생목숨 버리려다 그러지 못했네.
오늘 참으로 어찌할 수 없는데
바람 앞의 촛불 푸른 하늘에 비치네.

亂離滾到白頭年
난리곤도백두년
幾合捐生却未然
기합연생각미연
今日眞成無可奈
금일진성무가내
輝輝風燭照蒼天
휘휘풍촉조창천

요사한 기운이 막아 나라가 옮겨지니
대궐은 어둡고 물시계가 느리구나.
이제부터 다시 조칙 받을 수 없으니
맑은 종이에 천 가닥의 눈물을 흘리네.

妖氛晻翳帝星移
요분엄예제성이
九闕沉沉晝漏遲
구궐침침주루지
詔勅從今無復有
조칙종금무부유
琳琅一紙淚千絲
임랑일지누천사

새와 짐승 슬피 울고 바다와 산 찡그리네.
무궁화 우리나라가 이미 망했구나.
가을 등불 아래 책 덮고 지난날을 생각하니
어렵구나, 글 아는 사람 노릇하기가.

鳥獸哀鳴海岳嚬
조수애명해악빈
槿花世界已沉淪
근화세계이침륜
秋燈掩卷懷千古
추등엄권회천고
難作人間識字人
난작인간식자인

일찍이 나라 떠받칠 작은 공도 없었으니	曾無支廈半椽功 증 무 지 하 반 연 공
단지 인(仁)을 이룰 뿐, 충(忠)은 아니었네.	只是成仁不是忠 지 시 성 인 불 시 충
겨우 윤곡을 따르는 데 그칠 뿐이요	止竟僅能追尹穀 지 경 근 능 추 윤 곡
때가 되매 진동을 잇지 못해 부끄럽구나.	當時愧不躡陳東 당 시 괴 불 섭 진 동

조칙 임금의 명령을 일반에게 알릴 목적으로 적은 문서.
윤곡 송나라의 진사. 몽고족이 침입해 왔을 때 가족이 모두 자결함.
진동 송나라의 충신으로, 고종에게 현자(賢者)를 등용할 것을 상소했다가 노여움을 사서 죽임을 당함.

◉ 스스로 목숨을 끊는다는 것은 자신이 세계와 더 이상 대결할 수 없을 때, 인간이 주체적인 존재로서 마지막으로 선택하는 것이다. 그 죽음을 앞두고 쓴 시(절명시라고 부른다.)에는 자신이 살아온 모든 것들이 담겨 있다. 황현의 절명시는 망국의 아픔 앞에 지식인으로서의 처신이 어떠해야 하는가를 웅변한다. 벼슬도 하지 않은 선비였던 황현은 나라가 망하자 지식인으로서 부끄러움을 느끼고 자결한다. 황현은 스스로 선택한 죽음이었지만 며칠을 망설이다 결국 아편을 먹고서야 극약을 마시고 죽었다 한다. 황현의 죽음은 주체적인 존재로 선다는 것이 얼마나 힘든 것인지를 우리에게 보여 준다.

절명시

전봉준

절명시
絕命詩

때가 오니 하늘과 땅도 모두 힘을 함께했지만
운이 가니 영웅도 일을 이룰 수가 없구나.
백성을 사랑하고 의를 바루는 데 나는 잘못이 없지만
나라 위한 붉은 마음 그 누가 알아주겠는가?

時來天地皆同力　運去英雄不自謀
시래천지개동력　운거영웅불자모
愛民正義我無失　爲國丹心誰有知
애민정의아무실　위국단심수유지

◉ 1894년 조선의 모순이 정점에 이르자 폭발한 것이 '갑오 농민 혁명'이다. 고부 민란으로 전개되었던 혁명은 우금치에서 우수한 근대식 무기로 무장한 일본군에게 패하고, 몸을 숨기고 재기를 기다리던 전봉준은 관군에게 잡혀 서울로 압송되어 최후를 마쳤다. 혁명은 실패로 끝났지만, 여기에 참가한 농민군은 항일 의병 항쟁의 중심이 되었고 3·1 독립 운동으로 이어졌다. 반봉건·반외세를 기치로 내걸고 시작된 이 혁명의 중심에 서 있던 사람이 전봉준이다. 이 시는 그가 죽기 직전에 남긴 것이다. 사형 선고를 받은 전봉준은, "나는 바른 길을 걷고 죽는 사람이다. 그런데 반역죄를 적용한다면 천고에 유감이다."라고 개탄했다고 한다.

1 다음은 대중가요 〈망부석〉의 노랫말이다. 앞에 나온 〈망부석〉이라는 시와 함께 읽고, '망부석'이라는 제목이 의미하는 것을 말해 보자.

깊은 밤 잠 못 이뤄 창문 열고 밖을 보니
초승달만 외로이 떴네
멀리 떠난 내 님 소식 그 언제나 오시려나
가슴 조여 기다려지네
에헤야 날아라 에헤야 꿈이여
그리운 내 님 계신 곳에
달 아래 구름도 둥실둥실 떠가네 높고 높은 저 산 너머로
내 꿈마저 떠가라 두리둥실 떠가라
오매불망 내 님에게로
내 꿈마저 떠가라 두리둥실 떠가라
오매불망 내 님에게로

– 김태곤 노래, 〈망부석〉

2 〈낙화암〉에서 다음 시어의 의미를 말하고, 대비되는 시어를 찾아보자.

	시어의 의미	대비되는 시어
달		
꽃		

3 이순신이 지은, 〈한산도의 밤〉과 다음 시조에 나오는 '시름'의 이유를 말해 보자.

한산섬 달 밝은 밤에 수루에 혼자 앉아
큰 칼 옆에 차고 깊은 시름 하는 적에
어디서 일성호가(一聲胡笳)는 남의 애를 끊나니

4 다음 글을 참고로, 〈무궁화 우리나라가〉의 세 번째 수에 나타난 '글 아는 사람(지식인) 노릇'을 설명해 보자.

모든 실천은 몇 가지 계기를 포함합니다. 다시 말해 행위란 아직 없는 것(도달해야 할 목표)을 위하여 지금 있는 것(변화시켜야 할 상황으로 주어진 현실의 장)을 부분적으로 부정하는 일인 것입니다. 그러나 이 부정은 숨겨진 것을 드러내는 행위이기도 하지만 그 자체가 또한 긍정을 동반하는 행위이기도 합니다. 왜냐하면 이 부정 속에서 우리는 지금 있는 것을 가지고서 아직 없는 것을 실현하기 때문입니다. 이때 아직 없는 것의 관점으로부터 출발해서 지금 있는 것을 드러내는 파악 작업은 가능한 한 정확해야 합니다. 왜냐하면 이 파악 작업은 아직 존재하지 않는 것을 실현하기 위한 수단을 이미 주어진 것 속에서 찾아야만 하기 때문입니다. 이와 같이 실천은 현실을 드러내고, 현실을 극복하며, 현실을 보존하는, 그리고 현실을 미리 앞서서 변경하는 실천적인 지식의 계기를 포함하고 있는 것입니다. (중략)

따라서 지식인이란 자기 자신 속에서, 그리고 사회 속에서 실천적인 진리에 대한 탐구와 지배 이데올로기 사이에 벌어지는 대립을 깨달은 사람입니다.

– 장 폴 사르트르, 《지식인을 위한 변명》에서

5 다음은 '갑오 농민 혁명'을 배경으로 만들어진 민요이다. 〈절명시〉를 참고하여 밑금 그은 낱말의 상징적 의미를 말해 보자.

새야 새야 파랑새야 녹두밭에 앉지 마라
녹두꽃이 떨어지면 청포 장수 울고 간다

– 〈새야 새야 파랑새야〉

6 다음 작품들의 배경이 되는 역사적 사건을 말해 보자.

작품	역사적 사건
대장부	
한산도의 밤	
무궁화 우리나라가	
절명시	

5장

눈 오는 밤 산중에서

이 장에는 '자연과 한정'을 노래하는 작품을 담았습니다.
'자연(自然)'은 말 그대로 '스스로 그러함'이며,
그리스 어에서는 '그 안에 운동 원리를 가진 것'으로,
동양과 서양이 다르지 않았습니다.
'한가로운 마음'을 뜻하는 '한정(閒情)'이라는 말은
우리 선조들이 어떻게 자연을 대했는지를 잘 보여 줍니다.

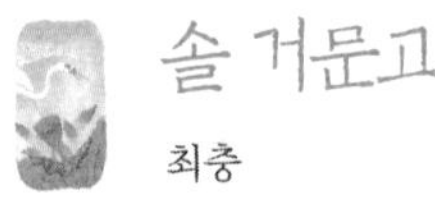

솔 거문고

최충

절구
絕句

뜰에 가득한 달빛은 연기 없는 촛불
들어와 앉은 산 빛은 부르지 않은 손님.
다시 솔 거문고가 악보 밖을 연주하니
다만 혼자 즐길 뿐 남에게 알릴 수 없네.

滿庭月色無煙燭
만 정 월 색 무 연 촉
入座山光不速賓
입 좌 산 광 불 속 빈
更有松絃彈譜外
갱 유 송 현 탄 보 외
只堪珍重未傳人
지 감 진 중 미 전 인

◉ 달빛, 산 빛, 솔 거문고는 모두 자연을 나타낸다. 그 자연을 즐기는 맛은 맑고 깨끗해. 그것을 다른 사람에게 설명하는 것은 부질없는 일이다. 솔 거문고가 연주하는 악보 밖은 소나무 숲에서 만들어 낸 바람 소리를 뜻한다.

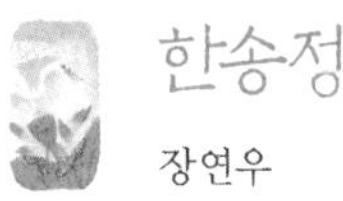

한송정

장연우

한송정곡
寒松亭曲

달빛 하얀 한송정의 밤.
물결 잔잔한 경포의 가을.
슬피 울며 오고 가는
믿을손 모래톱 갈매기 하나.

月白寒松夜
월 백 한 송 야
波安鏡浦秋
파 안 경 포 추
哀鳴來又去
애 명 내 우 거
有信一沙鷗
유 신 일 사 구

◉ 한송정은 강원도 강릉에 있었던 정자로 언제 세워졌고 없어졌는지 알 수 없다. 이덕무의 《청장관전서》를 통해 볼 때, 이 시는 장연우의 창작이 아니라, 이전에 향찰로 전해지던 고려 가요 〈한송정곡〉을 한시로 옮긴 것임을 알 수 있다. 고려 가요는 또한 고려 말 기생 홍장이 지은 다음 시조에 직접적으로 영향을 준 것으로 보인다.

한송정 달 밝은 밤, 경포에 물결 잔 제
유신한 백구는 오락가락하건마는
엇더타 우리 왕손은 가고 아니 오는가?

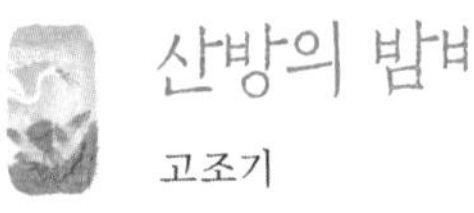

산방의 밤비

고조기

산장야우
山莊雨夜

어젯밤 산방에 비 내려
베개 서쪽 시냇물 소리.
아침에 뜨락 나무를 보니
자던 새 아직 둥지에 있네.

昨夜松堂雨
작 야 송 당 우
溪聲一枕西
계 성 일 침 서
平明看庭樹
평 명 간 정 수
宿鳥未離栖
숙 조 미 리 서

산방(山房) 산속에 있는 별장. '산장'과 같은 말.

◉ 어젯밤 베개를 베고 누웠다가 잠이 들락 말락 하였는데, 산방 서쪽에서 시냇물 소리가 여느 날보다 크게 들렸다. 비가 내리는 것이리라. 그러나 화자는 구태여 문을 열어 보지 않았다. 이튿날 아침, 화자는 문을 열고 뜨락의 나무를 본다. 매일처럼 울던 새가 오늘은 소리도 없다. 그러고 보니 새들도 둥지 안에 그대로 있다. 아마 아침까지 내리는 비에 게으름을 부리는 것일 게다. 화자와 새는 모두 내적 통찰의 기회가 되는 여유로움을 한껏 누리고 있다. 오늘날 우리는 변화에 빨리 적응하는 것이 곧 발전이라는 생각으로 짓눌린다. 이 시는 게으름의 다른 이름이 여유로움이라는 것을 잘 보여 준다.

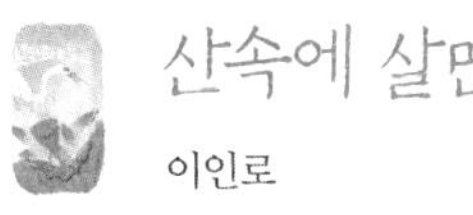

산속에 살면서

이인로

산거
山居

봄은 가도 꽃은 아직 있고	春去花猶在 춘 거 화 유 재
하늘은 갰는데 골은 침침하다.	天晴谷自陰 천 청 곡 자 음
두견이 한낮에 우니	杜鵑啼白晝 두 견 제 백 주
비로소 깊은 골에 사는 줄을 깨달았네.	始覺卜居深 시 각 복 거 심

◉ 계절을 느끼며 살아가지 못하는 현대인들에게 이 시는 조금 낯설다. 봄이 가도 꽃이 아직 남아 있는 것은 화자가 높고 깊은 산에 있기 때문이다. 그래서 골짜기도 어두침침하다. 여기까지는 누구나 쉽게 떠올릴 수 있는 사실이다. 그런데 두견이 한낮에 우는 것을 보고 '비로소' 깊은 골에 사는 줄 깨달은 것은 무엇 때문일까? 그것은 두견이 밤에만 우는 새라는 사실을 안다면 쉬운 물음이다. 깊은 골이다 보니 두견조차 한낮에 운 것이다. 봄날 산속에서 살아가는 화자의 쓸쓸한 모습이 떠오른다.

4월이라 꽃이 다 졌는데	人間四月芳菲盡	인간사월방비진
산사에는 이제사 복사꽃이 활짝 피었네.	山寺桃花始盛開	산사도화시성개
봄이 간 곳 찾을 수 없어 안타까웠는데	長恨春歸無覓處	장한춘귀무멱처
봄이 이 산속으로 온 줄 알지 못했구나.	不知轉入此中來	부지전입차중래

- 백거이, 〈대림사도화(大林寺桃花)〉

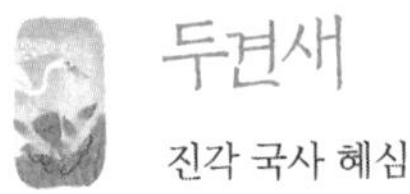

두견새

진각 국사 혜심

춘만유연곡사증당두로
春晩遊燕谷寺贈當頭老

봄 깊은 옛 절 일이 없어 고요한데	春深古院寂無事 춘 심 고 원 적 무 사
바람 자자 섬돌 가득 꽃이 떨어졌다.	風定閑花落滿階 풍 정 한 화 낙 만 계
해 질 녘 구름 없이 맑으니	堪愛暮天雲晴淡 감 애 모 천 운 청 담
이 산 저 산 두견새 운다.	亂山時有子規啼 난 산 시 유 자 규 제

◉ 늦은 봄 저물녘 지리산 속 연곡사라는 절의 풍경이다. 연곡사는 지리산 피아골 입새라 지금도 찾는 사람이 거의 없어 한적하다. 고려 초기까지 수선 도량으로 이름이 높았지만, 서울에서 먼 산속 절이라 일이 없어 적막하다. 바람이 불다 그치자 마당 가득 꽃잎이 졌다. 구름 없이 맑은 저녁, 이 산 저 산에서 두견새가 운다. 두견새는 처량한 울음소리로 한의 정서를 나타내는 소재로 자주 등장한다. 늦은 봄, 깊은 산사의 한적한 풍경이 그림처럼 그려져 있다.

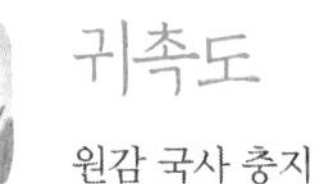

귀촉도

원감 국사 충지

한중잡영
閑中雜詠

발 걷어 산 빛을 끌어 들이며	捲箔引山色 권 박 인 산 색
대통을 이어 물소리를 나눈다.	連筒分澗聲 연 통 분 간 성
아침 다 가도 오는 사람 없고	終朝少人到 종 조 소 인 도
귀촉도만 스스로 이름 부른다.	杜宇自呼名 두 우 자 호 명

발 가늘고 긴 대를 줄로 엮거나, 줄 따위를 여러 개 나란히 늘어뜨려 만든 물건. 주로 무엇을 가리는 데 쓴다.

◉ 발을 걷으니 먼 산 빛이 나타난다. 대나무를 이어 붙여 산골 물을 절 앞마당으로 끌어 들였다. 졸졸 흐르는 물소리를 자연과 화자가 나눈 것이다. 아무리 스님이지만, 산 빛과 물소리는 소유하고 싶은 것이다. 그렇다고 소유에 집착하는 것은 아닐 것이다. 산 속 깊은 절이라 아침이 다 가도록 찾아오는 사람도 없고, 귀촉도만 귀촉귀촉 하고 제 이름을 부르며 운다. 이 시는 봄날 산사 스님의 한적함을 잘 나타내고 있다.

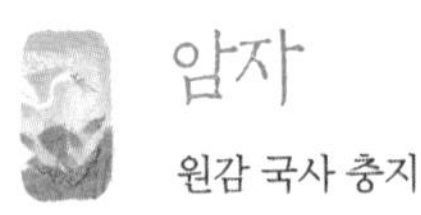

암자

원감 국사 충지

한중우서
閑中偶書

암자는 천 겹 봉우리 안에 있는데
그윽하고 깊어 이름조차 알 수 없네.
창을 열면 곧 산 빛이고
문을 닫으면 또 시내 소리라네.

庵在千峰裡
암 재 천 봉 리
幽深未易名
유 심 미 이 명
開窓便山色
개 창 변 산 색
閉戶亦溪聲
폐 호 역 계 성

◉ 이 시의 주인공은 암자이다. 천 겹 봉우리 안에 깊숙하고 그윽하게 숨어 있고 이름조차 알 수 없다. 이름이란 망령된 생각이 일시적으로 만들어 낸 허상에 불과하다. 마치 물에 비친 달처럼. 그렇다면 암자의 실상은 무엇인가? 불교에서는 존재의 실제적인 모습은 모든 것이 변한다는 '무상(無常)', 고정 불변하는 실체로서의 내가 없다는 '무아(無我)', 실체가 없고 자성이 없는 '공(空)'이라고 말한다. 3구와 4구는 암자의 실상을 빛과 소리로 그린다. 창을 열면 산 빛을 받아들이고, 문을 닫으면 시내 소리를 받아들이는 곳, 그것이 곧 암자다.

눈 오는 밤 산중에서

이제현

산중설야
山中雪夜

종이 이불 썰렁하고 등불은 어두운데	紙被生寒佛燈暗 지 피 생 한 불 등 암
사미승은 밤새도록 종을 울리지 않네.	沙彌一夜不鳴鍾 사 미 일 야 불 명 종
자는 손이 일찍 문 연다고 성내겠지만	應嗔宿客開門早 응 진 숙 객 개 문 조
암자 앞 소나무에 쌓인 눈을 보려 함이네.	要看庵前雪壓松 요 간 암 전 설 압 송

사미승 절에서 수행을 하는 어린 남자 승려.
종이 이불 목화가 들어오기 전에, 종이를 이불속으로 한 것.
자는 손이~보려 함이네 "나(남효온)는 이제현의 시를 최해(고려의 학자, 1287~1340)가 전부 뭉개 버리고 다만 '자는 손이 일찍 문 연다고 성내겠지만 / 암자 앞 소나무에 쌓인 눈을 보려 함이네.' 라는 구절을 남겼던 일을 생각했다."(《시화총림》)

◉ 밤새 눈이 내리고, 화자는 등불이 희미한 차가운 방에 들었다. 어린 스님은 추운 바깥에 나가기 귀찮아 게으름을 부리고 종을 울리지 않는다. 화자는 눈 내린 산사의 아침 풍경이 못내 궁금하다. 화자는 궁금증을 이기지 못하고 아침 일찍 문을 열고 소나무에 쌓인 눈을 바라본다. 맑고 산뜻하다. 일찍이 서거정은 이 시를 두고, "이 시는 산가의 눈 내리는 밤의 기묘한 정취를 잘 묘사하였으니, 읽는 사람으로 하여금 입 안에 깨끗한 이슬을 머금은 듯한 기운이 나오게 한다."(《동인시화》)라고 평하였다.

신설

이승인

신설
新雪

세밑 하늘 아득하더니	蒼茫歲暮天 창 망 세 모 천
새로 눈이 산천에 두루 내린다.	新雪遍山川 신 설 편 산 천
새는 산속에서 나무를 잃고	鳥失山中木 조 실 산 중 목
스님은 바윗가 샘을 찾는다.	僧尋石上泉 승 심 석 상 천
굶주린 까마귀 들에서 울고	飢烏號野外 기 오 호 야 외
언 버드나무 냇가에 누웠다.	凍柳臥溪邊 동 류 와 계 변
어느 곳에 인가가 있는지	何處人家在 하 처 인 가 재
먼 숲에서 흰 연기가 난다.	遠林生白煙 원 림 생 백 연

세밑 한 해가 끝날 무렵. 설을 앞둔 섣달 그믐께를 이른다.

◉ 제목 '신설(新雪)'은 '새로 내려 쌓인 눈'이란 뜻이다. 세밑에 새로 눈이 내려 쌓인다. 세상이 온통 눈으로 뒤덮여, 새는 둥지를 찾지 못하고, 스님은 매일처럼 물을 긷던 바윗가 샘을 더듬어 겨우 찾는다. 모이를 찾지 못한 까마귀는 배가 고파 울고, 시냇가 버드나무는 눈꽃을 안고 휘였다. 이 모두가 쌓인 눈 때문이다. 보일 듯 말 듯 흐릿하게 멀리 숲에서 피어오르는 흰 연기는 사람 사는 곳이 있음을 알게 해 준다. 종잡지 못하는 소란스러움과 맑고 깨끗한 고요함이 한 장의 수묵화에 섞여 있다.

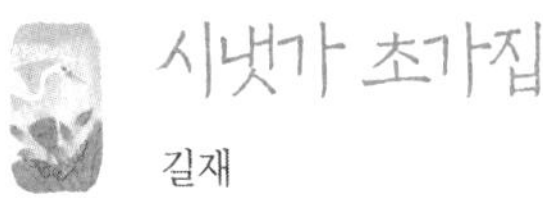

시냇가 초가집

길재

한거
閑居

시냇가 초가집에 한가로이 지내노라니
흰 달과 맑은 바람에 즐거움도 넉넉하다.
바깥 손은 오지 않고 산새만 우니
대숲 언덕 평상에 누워서 책을 본다.

臨溪茅屋獨閑居
임 계 모 옥 독 한 거
月白風淸興有餘
월 백 풍 청 흥 유 여
外客不來山鳥語
외 객 불 래 산 조 어
移床竹塢臥看書
이 상 죽 오 와 간 서

◉ 제목 그대로 세상의 옳고 그름에서 벗어난 한가로움이 넉넉히 묻어난다. 찾아오는 사람도 없는 시냇가 초가집에서 한가로이 책을 본다. 찾아오는 벗이라곤 흰 달과 맑은 바람, 그리고 우짖는 산새뿐이다. 오늘 우리는 빠름이 미덕인 시대를 살고 있다. 시간은 가늘게 쪼개져 0.01초까지 기록되어 우리를 쫓는다. 철학자 피에르 쌍소는 《느리게 산다는 것의 의미》라는 책에서, "인간의 모든 불행은 고요한 방에 앉아 휴식할 줄 모르는 데서 온다."라는 파스칼의 말을 인용하며 느리게 사는 삶을 제시했다. '느림'은 게으름이 아니라 삶의 길에서 자기 자신을 잃어버리지 않고 참모습을 보는 방법이다.

밤

지은이 모름

율
栗

서리 뒤에 나온 밤톨 빨갛게 익어
새벽 숲에서 주우니 이슬이 묻었다.
아이 불러 화롯불에 굽게 하여
옥 껍데기 태우니 금 구슬이 나온다.

霜餘脫實赤爛斑
상 여 탈 실 적 란 반
曉拾林閒露未乾
효 습 림 한 노 미 건
喚起兒童開宿火
환 기 아 동 개 숙 화
燒殘玉殼迸金丸
소 잔 옥 각 병 금 환

◉ 서리 내린 다음에 한 톨 두 톨 빨갛게 익어 떨어진 밤톨이 선명하게 떠오른다. 새벽 숲에서 줍는 것을 보니 자기 밤나무가 아닐 것이다. 남에게 뒤질세라 이른 아침 이슬이 채 마르기도 전에 남의 밤나무 밑에 떨어진 밤을 줍는다. 나무에 달린 것을 따지만 않는다면 주인도 나무라지 않았고, 줍는 사람도 남의 밤을 훔친다고 생각하지 않았던 시절이다. 불기가 남아 있는 화롯불에 둘러앉아 밤을 구우니, 옥같이 반질반질하게 윤기가 흐르는 껍데기가 타고 금과 같은 밤알이 튀어나온다. 할아버지와 손자가 오순도순 밤을 까먹는 모습이 손에 잡힐 듯 선하다.

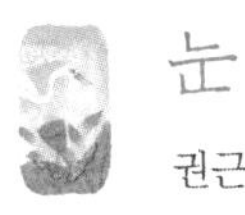

눈

권근

야음
夜吟

마당 거닐며 시를 읊는데
맑은 밤하늘에 달이 떴다.
얼핏 보느라 가지에 쌓인 눈
매화가 가득한 줄 알았네.

散步中庭自詠詩
산 보 중 정 자 영 시
一天雲月夜晴時
일 천 운 월 야 청 시
乍看不省梢頭雪
사 간 불 성 초 두 설
誤擬梅花滿舊枝
오 의 매 화 만 구 지

◉ 화자는 마당을 거닐며 시를 읊조린다. 맑은 밤하늘엔 달이 둥둥 떠 있다. 눈을 돌려 마당 한켠에 있는 나뭇가지로 옮긴다. 맑은 하늘이니 눈이 왔을 리는 없을 것이다. 그러면 벌써 매화가 피었나 보다 여기고 반가운 마음에 가까이 가서 보니, 지난번에 내린 눈이 아직 다 녹지 않았다. 행여 이런 생각을 남에게 들킬세라 두리번거릴 화자의 모습이 눈에 선하다. 그러나 정작 화자는 이렇게 생각했을 것이다. '가지에 하얗게 보이는 것이 눈이면 어떻고, 또 매화면 어떠랴? 눈이든 매화든 다 나름대로 존재의 이유와 가치가 있을 테니 말이다.' 화자와 자연 공간이 일체가 된 경지이다.

달밤의 매화

이황

도산월야영매
陶山月夜詠梅

차가운 밤 산창에 홀로 기대노라니	獨倚山窓夜色寒 독 의 산 창 야 색 한
매화 가지 끝에 둥근달이 떠오른다.	梅梢月上正團團 매 초 월 상 정 단 단
다시 산들바람 부를 필요 없나니	不須更喚微風至 불 수 갱 환 미 풍 지
맑은 향기 절로 집 안에 가득하다.	自有淸香滿院間 자 유 청 향 만 원 간
뜰에 나막신 끄니 달이 사람 따라붙어	步屧中庭月趁人 보 섭 중 정 월 진 인
매화 곁을 둘러 몇 번이나 돌았다.	梅邊行遶幾回巡 매 변 행 요 기 회 순
밤 깊도록 오래 앉아 일어나지 않으니	夜深坐久渾忘起 야 심 좌 구 혼 망 기
옷에는 향기 가득 몸에는 그림자 가득.	香滿衣巾影滿身 향 만 의 건 영 만 신
늦게 피는 매화꽃의 참뜻을 깨닫나니	晩發梅兄更識眞 만 발 매 형 갱 식 진
응당 알았구나, 내가 추위 겁내는 줄.	故應知我怯寒辰 고 응 지 아 겁 한 신
어여뻐라, 이 밤 내 병을 낫게 하니	可憐此夜宜蘇病 가 련 차 야 의 소 병
이 밤 다하도록 달을 마주 대하겠네.	能作終宵對月人 능 작 종 소 대 월 인

산창 산에 있는 집의 창.
산들바람 시원하고 가볍게 부는 바람.

◉ 퇴계의 매화 사랑은 지극했다. 〈고종기(考終記)〉에는 퇴계의 문인이었던 이덕홍의 다음과 같은 글이 적혀 있다. "8일 아침, 선생이 화분의 매화에 물을 주라고 하셨다. 이날은 개었다. 오후 여섯 시쯤, 갑자기 흰 구름이 모여들더니 눈이 내려 한 치쯤 쌓였다. 조금 있다가 선생이 자리를 바루라고 명하므로 부축하여 일으키자 앉아서 돌아가셨다. 그러자 구름이 흩어지고 눈이 개었다." 또 스스로 쓴 〈도산기(陶山記)〉를 보면, 도산서당의 절우사에 매화·대나무·소나무·국화를 심고 사랑했다고 한다. 서울에 있을 때도 퇴계는 도산의 매화를 그리워해 이렇게 읊었다.

강 위 서당에 매화 몇 그루
봄을 만나 서선 주인 오길 기다리리.
지난해 국화 시절 저버렸는데
아름다운 약속 차마 또 저버리랴.

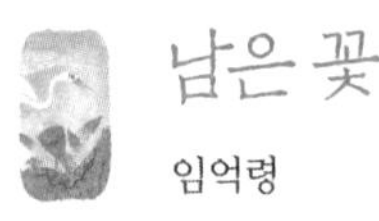

남은 꽃

임억령

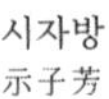

시자방
示子芳

옛 절 앞에서 또 봄을 보내는데
남은 꽃 비 따라 옷에 어지러이 붙네.
돌아오는 소매 가득 맑은 향기 있어
무수한 산벌이 사람 따라 멀리 왔네.

古寺門前又送春
고사문전우송춘
殘花隨雨點衣頻
잔화수우점의빈
歸來滿袖淸香在
귀래만수청향재
無數山蜂遠趁人
무수산봉원진인

무수한~왔네 이는 다음과 같은 이야기를 떠올린다. 송나라 휘종 황제는 그림을 몹시 좋아했다. 한번은 '꽃을 밟고 가니 말발굽에 향기가 나네(踏花歸去馬蹄香)'라는 제목을 주고 화가들에게 그림을 그리게 했다. 말발굽에 묻은 향기를 그림으로 그리라는 희한한 문제였다. 모두들 끙끙대는데 한 사람이 그림을 제출했는데, 말 꽁무니에 나비 떼가 따르는 그림이었다. 정말 멋지게 향기를 그려 낸 것이다.

◉ 오래된 절 앞에서 또 봄을 보낸다. '또'라는 글자에는 '헛되이'라는 의미가 배어 있다. 마치 김영랑이 봄을 보내며 모란이 지는 것을 보고 보람이 무너진 것으로 생각했듯, 세월은 사람을 기다리지 않고 그저 흘러간다. 봄의 마지막에 남은 꽃이 옷에 떨어져 소매 가득 향기가 스며들었다. 그 향기와 함께 무수한 벌들이 시인을 따라 산 아래로 내려왔다. 시인은 봄을 가지고 집으로 돌아온 것이다. 그 향기 그윽한 마지막 봄을 시인은 제목에 있는 친구 자방에게 자랑하고 싶은 것이다. 가람 이병기 선생은 이 시를 시조로 옮겨 실으면서 제목을 〈시우인(示友人)〉이라 했다.

절 앞에 지는 꽃이 옷에 자주 부딪친다.
팔을 젓고 돌아올 제 맑은 향기 떠돌으며
저 산의 수없는 벌이 멀리 나를 따르더라.

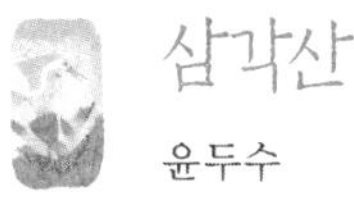

삼각산

윤두수

유삼각산
遊三角山

산은 구름 속에서 뾰족하게 드러났고	山向雲中露角牙 산 향 운 중 노 각 아
구름은 산 밖에 가로 비껴 자욱하다.	雲從山外漫橫斜 운 종 산 외 만 횡 사
스님은 조암에서 내려오는 것이리니	僧來定自槽巖下 승 래 정 자 조 암 하
묻노니 가는 봄 꽃이 얼마나 남았던가?	試問春殘有幾花 시 문 춘 잔 유 기 화
동풍 십 리 길 들꽃이 향기로운데	東風十里野花香 동 풍 십 리 야 화 향
말 가는 대로 가니 어느덧 석양이다.	信馬閑行已夕陽 신 마 한 행 이 석 양
본디 산을 사랑해 마음 홀로 이르니	自是愛山心獨至 자 시 애 산 심 독 지
숲길 한 줄기가 긴 줄을 몰랐어라.	却忘林逕一條長 각 망 림 경 일 조 장

◉ 북한산은 주봉인 백운대를 중심으로 인수봉, 만경대로 이루어져 삼각산으로도 불린다. 산은 온통 구름으로 둘러싸여 제 모습을 쉽게 보여 주지 않는다. 그 구름 사이로 산을 내려오는 스님에게 화자는 가는 봄, 남은 꽃이 얼마나 있더냐고 묻는다. 봄을 보내는 화자의 안타까운 마음이 느껴진다. 따스한 봄바람이 불어 들꽃의 향기로움을 가져다준다. 말 가는 대로 맡겨 두고 산에 이르고 보니 가느다란 숲길을 어떻게 지나왔는지도 모를 만큼 화자는 산과 하나가 된 것이다.

홍경사

백광훈

홍경사
弘慶寺

가을 풀 고려의 절.
오래된 비엔 학사의 글.
천 년 흐르는 물.
해 질 녘 돌아가는 구름.

秋草前朝寺
추 초 전 조 사
殘碑學士文
잔 비 학 사 문
千年有流水
천 년 유 류 수
落日見歸雲
낙 일 견 귀 운

◉ 시인은 저물녘 홍경사를 지나며 경물과 조화시켜 감회를 읊었다. 홍경사는 충남 천안에 있던 절로, 백광훈이 들렀을 땐 시든 가을 풀만 우거지고 절터만 남았을 것이다. 오래된 비석(현재 국보 7호로, 글은 최충이 썼다.)엔 글만 쓸쓸히 남았다. 그러나 물은 천 년 동안 끊임없이 흐른다. 천 년을 흐르는 물은 시든 가을 풀로 뒤덮인 옛 절 터와 그곳에 남은 비와 대비된다. 시인은 해 질 녘 돌아가는 구름을 통해 시간의 흐름에 대한 감회를 드러낸다. 이 시에 대해 홍만종은 《소화시평》에서, "우아하고 뛰어나 예로부터 이만한 것이 없다."라고 하였다.

그림

영화
詠畫

이달

눈이 초가집 처마 대나무를 누르고
사람은 드물고 시골길은 어렴풋하다.
반드시 시인이 있으리라.
날이 추워 문을 닫고 있을 뿐.

雪壓茅簷竹
설 압 모 첨 죽
人稀村逕微
인 희 촌 경 미
定是詩人住
정 시 시 인 주
天寒不啓扉
천 한 불 계 비

◉ 제목 그대로 그림을 읊은 시이다. 처마 위 초가집 지붕에는 눈이 소복하게 쌓였을 것이다. 길은 보일 듯 말 듯 희미한데 인적은 끊겼다. 이런 풍경에 시인 소객이 빠질 수 없는데, 화가는 그림 속에 그려 넣지 않았다. 그것을 시인은 날이 추워 문을 닫고 있다고 멋진 상상력으로 살려 놓았다. 시 속에 살려 놓은 시인은 아마도 평생 동안 시 짓는 일에 몰두해, 몸을 붙일 곳도 없어 사방으로 떠돌며 가난하게 늙어 간 이달 자신일 것이다.

밤

이산해

율
栗

한 배에 세 자식을 낳았는데 一腹生三子 일복생삼자
가운데 놈은 두 면이 평평하다. 中者兩面平 중자양면평
가을이라 앞서거니 뒤서거니 떨어지니 秋來先後落 추래선후락
누가 형이고 아우인지 알기 어렵구나. 難弟又難兄 난제우난형

◉ 밤알을 싸고 있는 겉껍데기를 밤송이라고 하는데, 밤송이 하나에는 보통 밤알이 세 톨 들어 있다. 이 세톨박이 밤의 중간에 박힌 밤톨을 가운데톨이라고 하는데, 양쪽 면이 평평하다. 가을이 되어 밤이 여물면 밤송이가 네 갈래로 벌어지고 밤알이 떨어진다. 세 톨 가운데 어느 것이 먼저랄 것 없이 일정한 순서가 없다. 그래서 세 톨 가운데 누가 형이고 누가 아우인지 알기 어렵다고 한 것이다. 제목 없이 이 시를 읽고 밤알을 떠올릴 수 있는 사람이 갈수록 줄어든다. 이 시는 이산해가 일곱 살 때 지었다고 한다. 해맑은 동심이 재미있게 묻어난다.

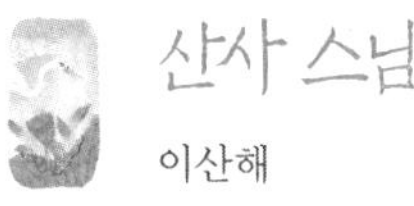

산사 스님

이산해

산중잡영
山中雜詠

높고 낮은 꽃나무 절을 에워싸고
저녁 빛 드는 숲에 석양이 붉다.
산사 스님은 대수롭잖게 보면서
그림 속에 있음을 알지 못한다.

지난밤 거센 바람 나뭇가질 흔들어
절 앞 시내에 붉은 물줄기 넘친다.
스님은 가는 봄빛이 아깝지 않은지
차 마시고 마루에서 하루 내 잔다.

花木高低擁梵宮
화 목 고 저 옹 범 궁
萬林斜映夕陽紅
만 림 사 영 석 양 홍
山僧只作尋常看
산 승 지 작 심 상 간
不識身居繪畫中
불 식 신 거 회 진 중

昨夜狂風拂樹顚
작 야 광 풍 불 수 전
滿溪紅漲洞門邊
만 계 홍 창 동 문 변
山僧不惜春光老
산 승 불 석 춘 광 로
茶罷空廊盡日眠
다 파 공 랑 진 일 면

◉ 속인의 눈에 비친, 심심하고 지루한 스님의 모습이 재미있게 그려진다. 봄꽃이 절을 흠뻑 둘렀다. 게다가 햇살 퍼진 숲과 붉은 저녁노을이 그렇게 아름다울 수가 없다. 그러나 스님에게는 관심 밖이라 심드렁할 뿐이다. 늘상 보던 것들이라 별로 대수로울 것이 없다. 지난밤 바람에 진 꽃잎이 절 문 앞에 흐르는 개울을 온통 붉게 물들였다. 물이 흐르는 것인지 꽃이 흐르는 것인지 헷갈릴 지경이다. 그러나 이것도 스님에게는 관심을 끌지 못한다. 속인은 가는 봄에 애가 타는데, 스님은 한가하게 낮잠이다. 속인과 대비되어 속인을 넘어선 스님의 모습이 산뜻하고 생생하게 그려졌다.

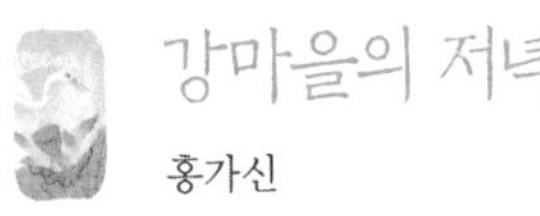

강마을의 저녁

홍가신

강촌모경
江村暮景

멀리 강가엔 나무가 푸르고	江樹遠芊芊 강 수 원 천 천
강촌엔 저녁연기 피어오른다.	江村生暮煙 강 촌 생 모 연
고기잡이를 마친 한 어부	漁人獨罷釣 어 인 독 파 조
빈 배엔 밝은 달빛만 가득하다.	明月滿空船 명 월 만 공 선

◉ 제목 그대로 강촌의 저물녘 풍경을 화자는 먼 곳에서 가까운 곳으로 시선을 이동하며 그리고 있다. 멀리 한 줄기 강물이 흐르고 나무가 푸른빛을 띠고 있다. 마을엔 저녁밥 짓는 연기가 굴뚝에서 피어오른다. 고기잡이를 마치고 한 어부가 집으로 돌아오는데, 빈 배엔 밝은 달빛만 가득 담고 있다. 이는 월산 대군이, "무심한 달빛만 싣고 빈 배 저어 오노라."라고 한 것과 맥을 같이한다. 세상을 뛰어넘어 사물에 대한 욕심과 헛된 이름을 벗어나 자연 속에서 유유자적하는 강촌의 한가로움이 잘 나타난다.

스님의 봄 일

임유후

제승축
題僧軸

산이 절을 에워싸 돌길 가파른데
골짜기 그윽하여 구름과 안개에 잠겼네.
스님은 봄에 일 많다고 투덜대누나.
아침마다 문 앞에 떨어진 꽃잎 쓴다고.

山擁招提石逕斜
산 옹 초 제 석 경 사
洞天幽杳閟雲霞
동 천 유 묘 비 운 하
居僧說我春多事
거 승 설 아 춘 다 사
門巷朝朝掃落花
문 항 조 조 소 낙 화

◉ 돌길도 가파른 깊은 산속 절, 골짜기는 구름과 안개로 뒤덮여 있다. 절 문 앞에서 만난 스님은 일이 많다고 투덜댄다. 화자는 이 한적한 산사에 무슨 일이 많을까 궁금해 스님에게 물어본다. "어이구, 웬 꽃이 이리 끝도 없이 피고 지는지. 아침마다 저놈의 떨어진 꽃 쓴다고 바빠 죽겠습니다. 쓸어도 쓸어도 끝이 없답니다." 엄살도 이 정도면 수준급이다.

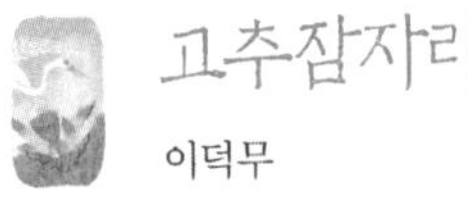

고추잠자리

이덕무

홍청정희영
紅蜻蜓戲影

담장의 가는 무늬인 듯 오지그릇 금 간 듯
개 자 모양 어지러이 흩어진 푸른 댓잎인 듯
우물가 가을볕에 그림자가 어른어른
붉은 허리 아리따운 고추잠자리.

墻紋細肖哥窯坼
장 문 세 초 가 요 탁
篁葉紛披个字青
황 엽 분 피 개 자 청
井畔秋陽生影纈
정 반 추 양 생 영 힐
紅腰婀娜瘦蜻蜓
홍 요 아 나 수 청 정

◉ 우리나라 초가을에 흔히 볼 수 있는 고추잠자리의 모습을 재미있게 그려 냈다. 화자는 담장의 가는 무늬처럼 생겼다고도 하고, 오지그릇에 간 금처럼 생겼다고도 했다. 또 한자 개(个) 자처럼 생겨서 어지럽게 흩어진 댓잎을 떠올린다. 화자는 동심으로 돌아가 어린아이의 시선으로 고추잠자리를 바라보고 그림을 그렸다.

국화

이덕무

남산국
南山菊

돌 밑에 기대어 핀 국화
가지 꺾여 시내가 노랗다.
시냇물을 움켜 마시니
손에도 향내 입에도 향내.

菊花欹石底
국 화 의 석 저
枝折倒溪黃
지 절 도 계 황
臨溪掬水飮
임 계 국 수 음
手香口亦香
수 향 구 역 향

◉ "국화는 서리를 맞아도 시들지 않는다."라는 속담처럼, 국화는 굳센 절개나 의지를 상징한다. 그래서 국화는 매화·난초·대나무와 함께 일찍부터 사군자의 하나로 일컬어졌다. 뭇 꽃들이 다투어 피는 봄이나 여름에 피지 않고, 날이 차가워진 가을에 서리를 맞으면서 홀로 피는 국화의 모습에서 고고한 기품과 절개를 지기며 숨어 사는 군자의 모습을 발견하였던 것이다. 서릿발이 심한 속에서도 굴하지 아니하고 외로이 지키는 절개라는 뜻인 '오상고절(傲霜孤節)'은 국화를 달리 이르는 말이다. 이 시는 이러한 일반적인 상징을 벗어난다. 손과 입에 가득한 국화의 은은한 향내가 다가온다.

1 〈산속에 살면서〉를 읽고, 두견이 한낮에 우는 것을 보고 화자가 비로소 깊은 골에 사는 줄 깨달은 이유를 말해 보자.

2 〈두견새〉에서, 시간적 배경과 공간적 배경을 찾아보자.

3 다음 글을 읽고, 〈귀촉도〉에서 귀촉도 울음이 가져다주는 이미지를 말해 보자.

'자규'라는 새는 귀촉도·두백·불여귀·촉백·촉조 등으로 불리는데, 이런 전설이 전한다. 촉나라에 두우라는 왕이 있었는데, 어느 날 강가를 지나다가 한 시신이 떠내려오는 것을 보고 건져 내자 시신이 다시 살아났다. 그는 이름을 별령이라 했는데, 왕은 하늘이 보내 준 사람이라고 생각하고 그를 곁에 두었다. 그러나 별령은 자신의 딸을 두우에게 바쳐 환심을 산 뒤, 두우를 몰아내고 자신이 왕위에 올랐다. 돌아갈 곳을 잃은 두우는 원한과 울분을 삭이지 못한 채 죽었다.

그 후 대궐이 보이는 서산에는 밤마다 두견새가 날아와 슬피 울었으므로 사람들은 이 새를 망제의 넋이 환생한 것이라 여기고 이를 '귀촉도'라 불렀다. '귀촉도'란 촉나라로 돌아가고 싶다는 뜻이고, '두견'이란 두우에서 나온 이름이며, '불여귀'란 돌아갈 수 없다는 뜻이고, '망제혼'이란 망제의 죽은 혼이라는 뜻이다.

4 〈암자〉에 나타난 암자의 모습을 묘사해 보자.

5 〈눈 오는 밤 산중에서〉를 읽고, 화자와 사미승이 했을 법한 말을 정리해 빈칸을 채워 보자.

사미승 : 어휴, 추워. (   ) 주지 스님께서 뭐라 안 하시겠지. 잠이나 더 자야겠다.

화자 : 종을 울릴 때가 됐는데……. 사미승이 게으름을 부리는 게로군. (   ).

사미승 : 새벽부터 누가 이렇게 수선을 피울까? 아, 저녁에 든 그 손님인가 보구나. 왜 저렇게 (   ). 난 잠이나 자야겠다.

6 〈신설〉을 읽고, 다음을 말해 보자.

1) 신설이 내려 변화한 모습들

2) 지배적인 심상

7 96쪽 〈밤〉에 나타난 중심적인 감각 이미지를 말해 보자.

8 〈눈〉의 화자가 눈을 매화로 착각한 이유를 설명해 보자.

9 〈달밤의 매화〉 세 번째 수에 나온 '내 병'을 나타내는 한자 성어를 말해 보자.

10 〈남은 꽃〉의 화자가 절에서 가지고 내려온 것을 말해 보자.

11 〈삼각산〉의 두 번째 수에서, '숲길 한 줄기가 긴 줄을 몰랐어라.'라고 말한 것을 다음 설명을 참고해 한자 성어로 말해 보자.

> 말 가는 대로 맡겨 두고 산에 이르고 보니 가느다란 숲길을 어떻게 지나왔는지도 모를 만큼 화자는 산과 하나가 된 것이다.

12 〈홍경사〉와 다음 시를 읽고, 두 시가 명사로 시행을 끝맺어 거둔 효과를 말해 보자.

흰 달빛
자하문

달안개
물소리

대웅전
큰 보살

바람 소리
솔 소리

범영루
뜬 그림자

흐는히
젖는데

흰 달빛
자하문

바람 소리
물소리.

– 박목월, 〈불국사〉

13 〈그림〉과 다음 시를 읽고, 두 시의 공통점을 말해 보자.

산에는 새 한 마리 날지 않고	千山鳥飛絶	천산조비절
길에는 사람의 자취 끊어졌다.	萬徑人踪滅	만경인종멸
외로운 배엔 삿갓 쓴 늙은이	孤舟簑笠翁	고주사립옹
홀로 낚시한다, 겨울 강엔 눈만 내리고.	獨釣寒江雪	독조한강설

– 유종원, 〈강설(江雪)〉

14 이산해의 〈밤〉은 제목을 보지 않고는 무엇을 말하고 있는지 알기 어렵다. 다음 두 시의 제목을 추측해 말해 보자.

네가 있어 깊은 밤에도 사립문 번거롭게 여닫지 않아
사람과 이웃하여 잠자리 벗이 되었구나.
술 취한 사내는 너를 가져다 무릎 꿇고
아름다운 여인은 널 끼고 앉아 살며시 옷자락을 걷네.
단단한 그 모습은 구리 산 형국이고
시원하게 떨어지는 물소리는 비단 폭포를 연상케 하네.
비바람 치는 새벽에 가장 공이 많으니
한가한 성품 기르며 사람을 살찌게 한다.

– 김병연

돌아가던 개미는 구멍 찾기 어렵고
돌아오던 새는 둥지 찾기 쉽다.
복도에 가득해도 스님은 싫어하지 않고
속세 사람은 하나도 많다고 싫어한다.

– 정곡(?~?, 당나라)

15 〈산사 스님〉에서, '대수롭잖게', '그림', '붉은 물줄기'의 속뜻을 말해 보자.

16 〈강마을의 저녁〉에서, 4구의 의미를 말해 보자.

17 〈스님의 봄 일〉에서, 3구의 스님처럼 엄살의 투덜거림을 경험한 일을 말해 보자.

18 〈고추잠자리〉와 다음 글을 읽고, 고추잠자리의 보조 관념들을 찾아보자.

> 비유(比喩, metaphor)는 나타내려고 하는 생각이나 대상을 다른 대상에 빗대어 표현하는 것을 말한다. 여기서 본래 표현하려는 실제 대상이나 내용을 원관념(元觀念, tenor)이라고 하고, 이 원관념의 뜻이나 분위기가 잘 드러나도록 도와주는 것을 보조 관념(補助觀念, vehicle)이라고 한다.
>
> 예를 들어 '내 마음은 호수요.'에서 '내 마음'은 원관념이고 '호수'는 보조 관념이다. 여기서 생각해 볼 수 있는 것이 원관념과 보조 관념의 '상이성(거리)'이다. 리처즈(I. A. Richards)라는 비평가는 상이성이 클수록 긴장이 생겨 좋은 비유가 된다고 했다. 그러나 거리가 너무 멀어 상호 작용이 생기지 않는다면 긴장이 생기지 않아 비유가 성립되지 않는다.

6장

눈길 걸어갈 때

이 장에는 '신념과 의지'를 드러내는 작품을 담았습니다.
그 뜻이 바르고 곧다 해도
현실에서 그것이 받아들여지지 않는다면,
사람들은 그 뜻을 꺾기 쉽습니다.
그러나 또한 많은 사람들은 이끗을 포기하면서
신념과 의지를 굳게 지킨 모습을 보여 줍니다.

수나라 장군 우중문에게

여수장우중문시
與隨將于仲文詩

을지문덕

그대의 신기한 계책은 하늘의 이치를 다하고	神策究天文 신 책 구 천 문
그대의 오묘한 전술은 땅의 이치를 다했다.	妙算窮地理 묘 산 궁 지 리
전쟁에 이겨서 그 공 이미 높으니	戰勝功旣高 전 승 공 기 고
만족함을 알고 그만두기를 바라노라.	知足願云止 지 족 원 운 지

만족함을 알고 그만두기를 《노자》에 '지족불욕 지지불태(知足不辱知止不殆, 만족함을 알면 욕되지 않고, 그칠 줄 알면 위태롭지 않다.)'라는 구절이 있다.

◉ 612년, 수나라 양제가 대장군 우문술과 우중문을 보내 고구려를 쳤다. 을지문덕이 적을 피로하게 하기 위해 후퇴를 거듭하니, 우중문은 하루에 일곱 번 싸워 일곱 번 이겼다. 드디어 수나라 군사가 살수(청천강)를 건너 평양성 30리쯤 되는 곳에 이르자 을지문덕이 이 시를 지어 우중문에게 보냈다. 우중문이 평양성이 견고함을 알고 후퇴하다가 을지문덕에게 크게 패했다. 처음 요하를 건널 때 수나라 군사가 30만 5천 명이었는데 살아 돌아간 자는 2700명에 불과하였다. 이 시는 《삼국사기》 〈열전-을지문덕〉에 실려 있다. 김부식은 "작은 나라로서 능히 적을 막아 내어 스스로를 보전하였을 뿐 아니라, 그 군사를 거의 다 섬멸한 것은 을지문덕 한 사람의 힘이었다."라고 평했다.

시비하는 소리 들릴세라

최치원

제가야산독서당
題伽倻山讀書堂

첩첩 바위 사이를 달려 겹겹 봉우리를 울리니	狂奔疊石吼重巒 광 분 첩 석 후 중 만
지척에서 하는 말소리도 분간하기 어려워라.	人語難分咫尺間 인 어 난 분 지 척 간
늘 시비하는 소리 귀에 들릴까 두려워	常恐是非聲到耳 상 공 시 비 성 도 이
짐짓 흐르는 물로 온 산을 둘러 버렸다네.	故教流水盡籠山 고 교 류 수 진 롱 산

◉ 최치원은 서른아홉 살 때 진성여왕에게 '시무십여조'를 올리고 다음 해 가야산에 은거했다. 이 시에는 세상과 화합하지 못하고 세상일에 초연하고자 하는 마음이 잘 드러나 있다. 《삼국사기》에서 "최치원은 서쪽에서 당나라를 섬기다가 동쪽의 고국에 돌아온 후부터 계속하여 혼란한 세상을 만나 발이 묶이고 걸핏하면 허물을 뒤집어쓰니 때를 만나지 못한 것을 스스로 가슴 아파하여 다시 관직에 나갈 뜻이 없었다. 방랑하면서 스스로 위로하였다."라고 한 것은 그의 마음이 어떠했는지 잘 보여 준다.

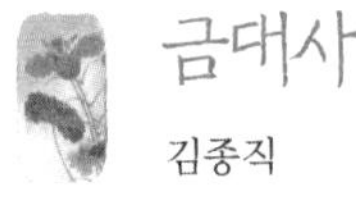

금대사

김종직

숙금대사팔월초칠일
宿金臺寺八月初七日

뜻밖에 절에 이르니	偶到招提境 우 도 초 제 경
지리산이 병풍처럼 펼쳐졌다.	頭流列畫屛 두 류 열 화 병
가을바람은 풍경 소리를 내고	西風語鈴鐸 서 풍 어 령 탁
남두육성은 처마에서 잔다.	南斗宿簷楹 남 두 숙 첨 영
불어리에 비친 등불 사랑하고	靜愛篝燈吐 정 애 구 등 토
그윽이 여울 물소리를 듣는다.	幽聞石瀨鳴 유 문 석 뢰 명
속세의 허튼 생각 잠시 멈추고	塵勞蹔休暇 진 로 잠 휴 가
애오라지 내 삶을 웃는다.	聊此笑吾生 요 차 소 오 생

남두육성(南斗六星) 궁수자리에 있는 여섯 개의 별.

◉ 김종직은 1470년 함양 군수로 나가 1474년 사직을 청하고 물러났다. 이 시는 그가 함양에 있을 당시 지리산의 한 줄기에 있는 금대사를 돌아보고 쓴 것이다. 천왕봉을 중심으로 한 지리산을 가장 잘 바라볼 수 있는 곳이 금대사이다. 금대사는 해발 800미터 산비탈에 있어 오르는 길이 몹시 가파르다. 시인은 그 지리산의 펼쳐진 봉우리들을 그림 병풍에 비겼다. 밤이 들자 가을바람이 소슬히 불어 추녀 끝에 달린 풍경이 울고, 절이 하 높은 곳에 있는지라 남두육성이 처마 아래에 걸려 있다. 불어리에 비친 등불과 여울 물소리는 시인으로 하여금 자신을 돌아보게 한다. 돌아보면 마흔, 이제 불혹의 나이가 아닌가? 속세에 찌든 때를 오늘 밤에나마 잠시 벗어 버리려는 마지막 웃음에는 쓸쓸함이 짙게 배어 있다.

그림자

이달충

여재산중경일무상과타공예리독상양호간곡료료연무여어유영야조차불아위위가석야작시이증
予在山中竟日無相過拖笻曳履獨徜徉乎澗谷寥寥然無與語唯影也造次不我違爲可惜也作詩以贈

내가 그림자가 미워 我惡我之影 아 오 아 지 영
내가 달아나면 그림자도 달린다. 我走影亦馳 아 주 영 역 치
내가 없으면 곧 그림자도 없고 無我則無影 무 아 즉 무 영
내가 있으면 그림자도 따른다. 有我影相隨 유 아 영 상 수
내가 있어도 그림자가 없게 하는 有我使無影 유 아 사 무 영
방법을 나는 모른다. 有術吾未知 유 술 오 미 지
사람들은 말한다, 그림자가 미우면 人言若惡影 인 언 약 오 영
그늘에 있으면 뗄 수 있을 것이라고. 處陰庶可離 처 음 서 가 리
그늘 또한 사물의 그림자이니 陰亦物之影 음 역 물 지 영
사람의 그 말이 또한 어리석다. 人言乃更癡 인 언 내 갱 치
사물과 내가 있으면 物我苟有矣 물 아 구 유 의
그늘과 그림자는 또 여기에 있다. 陰影復在玆 음 영 부 재 자
사물과 내가 없다면 無我亦無物 무 아 역 무 물
그늘이나 그림자가 어떻게 생길까? 陰影安所施 음 영 안 소 시
내가 그림자에게 물어도 擧聲我問影 거 성 아 문 영
그림자는 말이 없다. 影也無一辭 영 야 무 일 사
안회가 어리석어 보였던 것처럼 有如回也愚 유 여 회 야 우
말없이 알고 깊이 생각한다. 嘿識而深思 묵 식 이 심 사

무릇 내 움직임을	凡我所動作 범 아 소 동 작
그림자는 모두 흉내 낸다.	一一皆效爲 일 일 개 효 위
나는 말이 많은데	唯我頗多言 유 아 파 다 언
그림자는 이것만은 따라 하지 않는다.	影也不取斯 영 야 불 취 사
그림자는 이렇게 생각하지 않을까?	影也豈不云 영 야 기 불 운
말은 몸을 위태롭게 하는 것이라고.	言乃身之危 언 내 신 지 위
그림자가 나를 본받는 것이 아니라	顧非影効我 고 비 영 효 아
도리어 내가 그림자를 스승으로 삼는다.	我乃影爲師 아 내 영 위 사

안회가 어리석어 보였던 것처럼 안회는 공자의 제자로 학문이 뛰어났다. 《논어》에 이런 말이 보인다. "공자가 말했다. '내가 안회와 종일토록 말을 해도 안회는 말을 어기지 않아 어리석은 듯 보인다. 안회가 가고 나서 그의 생활을 살펴보면 가르침을 잘 실천하고 있더구나. 안회는 어리석지 않다.'"

◉ 표면적으로 얼핏 이 시에서 '나'는 사물의 본질을, 그리고 '그림자'는 현상을 뜻하는 것처럼 보인다. 그것은 '나'가 존재함으로써 '그림자'가 존재할 수 있기 때문이다. 그러나 다시 생각해 보면 이러한 설명은 부적절하다. 왜냐하면 그림자의 말없음과 현명함이 사물의 본질적 속성과 더 닮았기 때문이다. 이렇게 비틀어 보도록 하는 것이 이 시가 가진 가장 큰 미덕이다. 시인은 이 시의 창작 동기를 다음과 같이 제목으로 붙여 놓았다.

"내가 산속에 있는데 하루 종일 찾아오는 사람이 없어 지팡이를 짚고 신을 끌며 시내와 골짜기를 거닐었다. 쓸쓸해서 함께 이야기할 사람이 없고 오직 그림자만이 잠시도 나를 떠나지 않으니 기록해 시를 지어 준다."

참고로 김삿갓의 〈그림자(吟影)〉라는 시를 읽어 보자.

한 사람 가는데 두 사람이 가니	一人行作兩人行	일인행작양인행
붙어 다니는 모양 피상도 하다.	依稀貌形眞可驚	의희모형진가경
구름 따라 나고 사라지니 귀신인 듯	傍雲出沒疑仙鬼	방운출몰의선귀
달 따라 서로 따라오니 형제 같다.	步月相隨若兄弟	보월상수약형제
한날한시에 이 세상에 나서	該日該時同此世	해일해시동차세
소리도 냄새도 없이 평생을 같이한다.	無聲無臭共平生	무성무취공평생
너로써 나를 보고 내가 너를 보려면	以汝觀吾吾亦汝	이여관오오역여
몸을 세우고 밝음을 기다린다.	立身天地待淸明	입신천지대청명

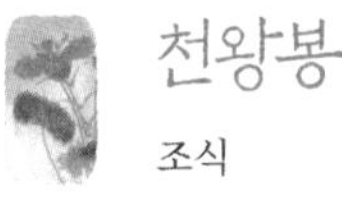

천왕봉

조식

제덕산계정주
題德山溪亭柱

천 석들이 큰 종을 보게나.
크게 치지 않으면 소리가 없다네.
비길 데 없는 천왕봉은
하늘이 울어도 울지 않는다네.

請看千石鐘
청 간 천 석 종
非大扣無聲
비 대 구 무 성
萬古天王峰
만 고 천 왕 봉
天鳴猶不鳴
천 명 유 불 명

석 '섬'과 같은 말. 부피의 단위로 곡식, 가루, 액체 따위의 부피를 잴 때 쓴다. 한 섬은 약 180리터에 해당한다.
-들이 '그만큼 담을 수 있는 용량'을 뜻하는 말.

◉ 1561년 남명(조식의 호)은 덕산으로 학문의 장소를 옮겨 산천재를 짓고 이 시를 써서 달았다. 천 석들이 큰 종은 벼슬을 사양하고 산림처사로 지내며 내면을 곧게 하는 '경(敬)'과 밖을 바르게 하는 '의(義)'를 추구하던 시인 자신이다. 워낙 큰 종이라 크게 치지 않으면 소리가 나지 않는다. 마치 노자가 "큰 소리는 소리가 없다.(大音希聲)"라고 한 것처럼. 산천재에서 바라보는 천왕봉 또한 하늘이 울어도 울지 않는다. 시인은 만고에 끄떡하지 않고 서 있는 지리산의 모습을 보면서 자신의 지조를 지키려고 했던 것이다. 이익은 《성호사설》 〈남명 선생 시〉에서 이 시를 인용하면서, "기백이 놀라워 사람으로 하여금 마음에 굳센 물결이 일게 한다."라고 격찬했다.

냇물에 몸을 씻고

조식

욕천
浴川

사십 년 동안 온몸에 쌓인 허물 | 全身四十年前累 (전신사십년전루)
천 섬 맑은 냇물에 모두 씻는다. | 千斛淸淵洗盡休 (천곡청연세진휴)
만약 티끌이 오장에 생겼다면 | 塵土倘能生五內 (진토당능생오내)
지금 곧 배를 갈라 물에 띄워 보내리라. | 直今刳腹付歸流 (직금고복부귀류)

오장(五臟) 간장(간과 창자), 심장, 비장(지라), 폐장(허파), 신장의 다섯 가지 내장을 통틀어 이르는 말.

◉ 1564년, 남명은 퇴계에게 이런 편지를 썼다. "요즘 공부하는 자들을 보면, 손으로 물 뿌리고 비질하는 절도도 모르면서 입으로는 천리(天理)를 담론하여 헛된 이름이나 훔쳐서 남들을 속이려 하고 있습니다." 경상 좌도의 퇴계가 성리학의 이론을 중시한 반면, 경상 우도의 남명은 이러한 퇴계의 태도를 비판하고 실천 문제에 관심을 집중했다. 임진왜란이 일어났을 때 남명의 문하에서 수많은 의병장이 나온 것도 이런 영향 때문이었다. 이 시는 남명이 마흔아홉에 거창 감악산 아래를 유람하고 쓴 것이다. 이 시는 한 점 부끄러움 없이 처사(處士)로 자처한 남명의 실천적 태도를 잘 보여 준다.

생각

허응당 보우

시현화사
示玄化士

그대 본성을 알고 싶으면	欲知汝本性 욕 지 여 본 성
잠깐 생각을 멈추게.	駐念少時間 주 념 소 시 간
마음을 보고 참모습 없음을 알면	見心無所體 견 심 무 소 체
바야흐로 고향에 이른다네.	方得到家山 방 득 도 가 산

◉ 스님은 내가 누구인지 알고 싶으면, 생각을 멈추라고 말한다. 여기서 말하는 생각이란 망념(妄念)의 다른 이름이다. 망념은 잡념, 부질없는 생각, 쓸데없는 생각이다. 이것을 쥐고 나를 찾는 것은 허망하다. 그런데도 우리는 마음의 집착으로 사물을 바르게 보지 못하고 그릇되게 생각한다. 모든 사물은 영원하지도 않고, 고정되어 있지도 않으며, 변하지 않는 실체도 없다. 그러므로 고정 불변하는 실체로서의 나 또한 있을 수 없다. 그것을 인식할 때, 우리는 진리의 참모습에 좀 더 가까이 다가갈 수 있을 것이다.

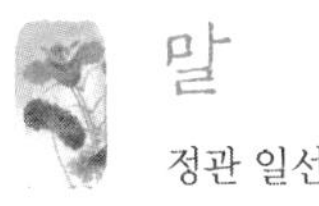

말

정관 일선

임종게
臨終偈

평생 동안 지껄인 것 부끄러운데
마침내 분명히 모든 걸 뛰어넘었다.
말이 있고 말이 없음 모두 그르니
그대들은 부디 스스로 깨달으라.

平生慚愧口喃喃
평생참괴구남남
末後了然超百億
말후요연초백억
有言無言俱不是
유언무언구불시
伏請諸人須自覺
복청제인수자각

◉ 스님의 평생 깨달음이 이 한 편에 모두 담겼다. 불교에서는 삼업(三業)을 경계한다. 그것은 몸으로 짓는 신업(身業), 입으로 짓는 구업(口業), 뜻으로 짓는 의업(意業)을 말한다. 구업은 다시 이간질하는 양설(兩舌), 험악한 말인 악구(惡口), 도리에 어긋나며 꾸며대는 기어(綺語), 진실하지 못한 허망한 망어(妄語) 등으로 나뉜다. 이런 말을 경계하는 말은 많다. "말 많은 집은 장맛도 쓰다." "말은 적을수록 좋다." "말이 많으면 쓸 말이 적다." 등은 말을 경계하는 속담들이다. 스님은 이런 말을 입적하면서 뛰어넘었다고 한다.

몸이 그림자에게

신흠

형증영
形贈影

내가 있으면 반드시 너도 있는데	有我必有爾 유 아 필 유 이
태어나면서부터 그랬지.	肇自賦與時 조 자 부 여 시
앉으나 서나 늘 너와 함께하니	坐起常與俱 좌 기 상 여 구
누가 우릴 갈라놓을 수 있으랴?	誰能或離之 수 능 혹 리 지
비록 한평생 가까운 것 있어도	雖有平生親 수 유 평 생 친
너처럼 가까울 수는 없지.	相親不如玆 상 친 불 여 자
사리에 밝은 사람은 먼저 깨닫고	哲人貴先覺 철 인 귀 선 각
몸을 바르게 해야지.	踐形是所期 천 형 시 소 기
낮에도 밤에도 근심 걱정	日乾復夕惕 일 건 부 석 척
나쁜 생각 말아야지.	動作無邪思 동 작 무 사 사
높은 지위 부러워하지 말고	榮達寧健羨 영 달 영 건 선
불행에 눈물 흘리지 말아야지.	窮戚不涕洏 궁 척 불 체 이
내가 너에게 부끄러울 게 없는데	形旣無愧影 형 기 무 괴 영
네가 어찌 나를 의심하겠는가?	影於形奚疑 영 어 형 해 의
도연명은 어떤 사람이었나?	陶潛亦何者 도 잠 역 하 자
술 생기면 사양하지 않았지.	得酒但莫辭 득 주 단 막 사

도연명 진(晉)나라의 도연명도 같은 제목의 시를 남겼다. 그 마지막 두 구에서, 늘 기쁨과 슬픔을 함께한 그림자를 두고 도연명은 이렇게 말했다. "술이 시름 없애 준다 해도 / 그림자보다는 못할 것이네."

◉ 제목 그대로 몸이 그림자에게 하는 말이다. 몸이 생기면서부터 그림자도 따라 생겼다. 누구도 몸과 그림자를 갈라놓을 수 없기에 늘 함께했다. 부부 사이나 부모 자식 사이라도 이보다 더 가까울 수는 없다. 그래서 몸은 그림자에게 자신의 마음을 다짐한다. 몸을 바르게 하고 나쁜 생각을 물리치고 높은 지위를 부러워하지 않겠노라고. 그렇게 한다면, 몸이 그림자에게 부끄러워할 것이 없으리라. 그렇지만 술을 마시는 일만은 도연명처럼 그만둘 수 없다고 한다. 소인에게 허리를 굽힐 수 없다고 〈귀거래사〉를 짓고 시골로 돌아간 도연명처럼, 시인은 자신의 삶에 대한 강한 자부심과 다짐을 드러낸다. 그림자가 몸에게 말하는 시를 읽어 보자.

고관의 차림새 좋을 것 없고	珥貂旣非工	이초기비공
허름한 차림새 나쁠 것 없네.	葛寬何必拙	갈관하필졸
더없이 덕이 높은 사람은	所貴至人者	소귀지인자
세상에서 벗어나 인연 끊어야지.	超然與世絶	초연여세절
몸이란 잠깐 모인 물건인데도	四大乃假合	사대내가합
감정으로 서로 기뻐한다.	七情徒相悅	칠정도상열
너와 나 본래 하나인데	爾我本同歸	이아본동귀
사람들이 쓸데없이 나누었네.	世人苦分別	세인고분별
소동파 역시 구차스럽게도	坡老亦區區	파로역구구
넌 없어지지 않는다고 말했었지.	強道我不滅	강도아불멸
매서운 추위도 춥다 하지 말고	莫謂涸陰寒	막위학음한
찌는 더위도 덥다 하지 마라.	莫附炎炎熱	막부염염열
몸가짐에 허물이 없으려면	威儀欲不愆	위의욕불건
있는 힘 다해 예의를 익혀야지.	服禮當自竭	복례당자갈
조교는 부질없이 키를 비교했지만	曹交空較長	조교공교장
안영이 키가 작다고 못났다던가?	晏嬰寧短劣	안영영단렬

– 신흠, 〈그림자가 몸에게(影答形)〉

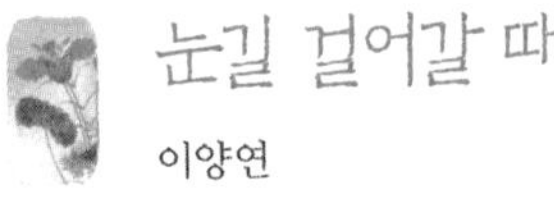

눈길 걸어갈 때

이양연

야설
野雪

눈 덮인 들판을 걸어갈 때
어지러이 가지 마라.
오늘 나의 발자취는
뒷사람의 길잡이가 될지니.

穿雪野中去
천 설 야 중 거
不須胡亂行
불 수 호 란 행
今朝我行跡
금 조 아 행 적
遂作後人程
수 작 후 인 정

◉ 오늘날 우리는 바쁘다는 핑계와 결과에 대한 조급함 등으로 과정은 애써 무시한다. 그래서 자신을 냉철하게 되돌아보는 모습을 갖기가 어렵다. 화자는 눈 덮인 들판을 걸어갈 때 어지럽게 가지 말라고 경계한다. 자신만을 위한 길이라면 어떻게 가든 상관이 없을 터이다. 그러나 내가 밟은 발자취가 뒷사람들에게 길잡이가 된다면 내딛는 발걸음이 조심스러울 수밖에 없다. 어른은 어린이에게, 어버이는 자식에게 모범이 될 때, 그 사회는 긍정적인 방향으로 나아가게 될 것이라는 교훈이 담겨 있다. 1948년 남북 협상길에 나선 백범 김구 선생이 삼팔선을 넘을 때, 이 시를 읊으며 자신의 의지와 각오를 다졌다고 한다.

1 〈수나라 장군 우중문에게〉에서, 을지문덕이 우중문을 대하는 태도를 말해 보자.

2 〈시비하는 소리 들릴세라〉의 4구에 나타난 최치원의 심정을 짐작해 보자.

3 〈금대사〉의 마지막 두 구(미련)에 나타난 화자의 태도를 말해 보자.

4 그림자를 노래한 시들을 읽고, 다음처럼 정리해 보자.

작자	그림자에 대한 작자의 태도
이달충	
김삿갓	
신흠	

5 〈천왕봉〉을 읽고, 천왕봉에 대한 화자의 태도를 말해 보자.

6 (가)와 (나)를 읽고, 〈냇물에 몸을 씻고〉와 공통적인 삶의 자세를 말해 보자.

(가)

죽는 날까지 하늘을 우러러
한 점 부끄럼이 없기를
잎새에 이는 바람에도
나는 괴로워했다
별을 노래하는 마음으로
모든 죽어 가는 것을 사랑해야지
그리고 나한테 주어진 길을
걸어가야겠다.

오늘 밤에도 별이 바람에 스치운다.

– 윤동주, 〈서시〉

(나)

군자에게는 세 가지 즐거움이 있는데, 천하의 왕 노릇은 이에 포함되지 않는다. 부모님이 살아 계시고 형제가 탈이 없는 것이 첫 번째 즐거움이다. 하늘을 우러러 부끄러움이 없고 또한 다른 사람에게 비추어도 부끄럽지 않는 것이 두 번째 즐거움이다. 뛰어난 제자를 얻어 가르치는 것이 세 번째 즐거움이다. 천하의 왕 노릇은 이에 포함되지 않는다.

–《맹자》〈진심〉

7 〈생각〉을 읽고, 다음 물음에 답해 보자.

1) 2구 '생각을 멈춘다.'라는 구절의 의미를 말해 보자.

2) 본성을 흐리게 하는 것을 말해 보자.

3) 3구 '참모습 없음'의 의미를 말해 보자.

8 〈말〉에서, 3구의 의미를 설명해 보자.

9 〈눈길 걸어갈 때〉에 나타난, 어른(부모)이 아이(자식)에게 모범이 되어야 한다는 내용과 관련된 속담 또는 이야기를 찾아보자.

7장

슬프구나, 양기를 자르다니

이 장에는 '삶의 어려움'을 이야기하는 작품을 담았습니다.
역사 속에서 고통받는 사람은 늘 힘없는 백성이었습니다.
그러나 역사를 세우고 나라를 지켜 낸 주체도
그들 힘없는 백성이었습니다.
시를 읽으면서 어려운 시대를 살다 간
백성들의 모습을 떠올려 보도록 합시다.

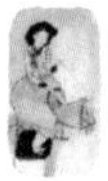

농가의 사철

김극기

전가사시
田家四時

세월은 바람처럼 바뀌어	歲月風轉燭 세 월 풍 전 촉
농가에서 일이 바빠 괴로워라.	田家苦知促 전 가 고 지 촉
새끼 꼬던 겨울이 엊그제 같은데	索綯如隔晨 삭 도 여 격 신
밭 갈고 김매는 봄이 되었네.	春事起耕耨 춘 사 기 경 녹
따비를 메고 동쪽 언덕으로 나가니	負耒歸東皐 부 뢰 귀 동 부
숲 사이 길은 꼬불꼬불하네.	林間路詰曲 임 간 노 힐 곡
들새는 농사철을 알리며	野鳥記農候 야 조 기 농 후
날고 울어 씨 뿌리기 재촉하네.	飛鳴催播穀 비 명 최 파 곡
아낙네 들밥 이고 밭머리에 나오는데	饁婦繞田頭 엽 부 요 전 두
다 떨어진 짚신을 신었구나.	芒鞋才受足 망 혜 재 수 족
어린아이는 죽순과 고사리 찾아	稚子尋筍蕨 치 자 심 순 궐
광주리 들고 따스한 골짜기로 향하네.	提筐向暄谷 제 광 향 훤 곡
길어진 해에 살구꽃 붉고	遲日杏花紅 지 일 행 화 홍
따스한 바람에 창포 잎은 푸르네.	暖風菖葉綠 난 풍 창 엽 록
단비도 또한 때맞추어	甘雨亦如期 감 우 역 여 기
간밤에 고루 적셨네.	夜來勻霢霂 야 래 균 맥 목
봄철 농사 걱정 말하지 마라.	莫辭東作勤 막 사 동 작 근
일하는 것 내 힘에 달려 있네.	勞力在吾力 노 력 재 오 력

붉은 구름은 밝은 빛을 쏘고 彤雲射晶光 동운사정광
붉은 해는 오래 머무르네. 赤日淹晷度 적일엄구도
농가에 여름 가까우니 田居近南訛 전거근남와
일하기에 새벽과 저녁이 없네. 搰搰無曉暮 골골무효모
농부들은 다투어 호미를 들고 農夫爭荷鋤 농부쟁하서
들에 구름처럼 퍼져 있네. 徧野已雲布 편야이운포
오직 집을 보는 늙은이 있는데 唯有看屋翁 유유간옥옹
머리털은 백로보다 희네. 頂絲白於鷺 정사백어로
손님 와서 막 음식을 차리는데 客來方進饌 객래방진찬
가난하니 좋은 음식 바라지 않네. 窮不待珍具 궁부대진구
들 과일과 밭의 푸성귀들 野果與園蔬 야과여원소
모두 직접 가꾼 것이네. 皆由親種樹 개유친종수
손님 가고 남은 술통 거두는데 客去收殘尊 객거수잔준
남자아이 할멈에게 매달리네. 嬌兒帶老姥 교아대로모
그릇 소리는 저녁 바람을 따라 器聲逐晚風 기성축만풍
서쪽 집에 떨어지네. 吹落西家去 취락서가거
이웃 늙은이는 남은 술 생각하고 隣翁念餘瀝 인옹염여력
지름길로 저녁 안개 뚫고서 오네. 一徑穿夕霧 일경천석무

어느새 하늘에는 기러기 소리	鴻雁已肅肅 홍 안 이 숙 숙
풀숲에는 구슬픈 여치 울음.	蟪蛄仍啾啾 혜 고 잉 추 추
농부는 철을 알고	田夫知時節 전 부 지 시 절
쑥대 베어 비로소 가을을 알리네.	銍艾始報秋 질 애 시 보 추
온 이웃에 차가운 절구 소리	四隣動寒杵 사 린 동 한 저
저녁 내내 그 소리 그치지 않네.	通夕聲未休 통 석 성 미 휴
새벽에 일어나 밥 지으니	晨興炊玉粒 신 흥 취 옥 립
모락모락 김이 넘치네.	溢甑氣浮浮 일 증 기 부 부
자줏빛 밤은 단풍 사이로 떨어지고	紫栗落紅樹 자 률 낙 홍 수
붉은 비늘 고기 푸른 물에서 낚네.	朱鱗鉤碧流 주 린 구 벽 류
흰 병에 술을 따라	白瓶酌杜酒 백 병 작 두 주
손을 맞아 술잔 주고받네.	邀客更相酬 요 객 갱 상 수
겉모습 비록 보잘것없으나	外貌雖陋促 외 모 수 루 촉
마음속 정은 깊다네.	中情尙綢繆 중 정 상 주 무
술이 다해 일어나 서로 헤어지는데	酒闌起相送 주 란 기 상 송
얼굴빛은 다시 온 시름에 잠기네.	顔色還百憂 안 색 환 백 우
관청에선 세금 독촉이 성화같아	官租急星火 관 조 급 성 화
집안 식구 모여 의논하지만	聚室須預謀 취 실 수 예 모

진실로 세금 낼 게 있다면	苟可趁公費 구 가 진 공 비
어찌 집에 남겨 두겠는가?	私廬安肯留 사 려 안 긍 류
어느 때 탁무나 노공을 만나	何時得卓魯 하 시 득 탁 로
도리어 먼저 바칠까?	却作差科頭 각 작 차 과 두

대숲 길은 시내 따라 열렸고	竹徑趁溪開 죽 경 진 계 개
초가집은 언덕에 서 있네.	茅廬依崦結 모 려 의 엄 결
섣달 북쪽 문 흙을 바르니	窮冬墐北戶 궁 동 근 북 호
눈바람을 막으려 함이네.	意欲防風雪 의 욕 방 풍 설
오히려 추위를 업신여겨	尙能知傲寒 상 능 지 오 한
매와 개를 데리고 사냥 나가네.	鷹犬出遊獵 응 견 출 유 렵
여우와 토끼를 쫓아 달리니	馳騁狐兔場 치 빙 호 토 장
짧은 옷에는 흐르는 피 묻었네.	短衣涴流血 단 의 완 류 혈
집에 돌아오니 온 이웃이 기뻐하고	還家四隣喜 환 가 사 린 희
비좁게 앉아 다투어 먹고 마시네.	促坐爭哺啜 촉 좌 쟁 포 철
날고기 먹는 것 무엇이 이상하랴?	茹毛何足怪 여 모 하 족 괴
사는 집이 큰 둥지나 굴 같다네.	居處壯巢穴 거 처 장 소 혈
삭정이 불을 밝히니	晶熒枯枿火 정 형 고 얼 화

방 안이 밝았다 어두웠다 하네.
滿室互明滅
만 실 호 명 멸

두 다리 사이에 붉은 팥이 흩어졌는데
兩股亂赬豆
양 고 난 정 두

옷깃과 옷자락 그 따라 찢어지네.
襟裾從破裂
금 거 종 파 렬

베 이불에 여러 아이들 끼고 누우니
布衾擁衆兒
포 금 옹 중 아

궁색하기가 새끼 거느린 오리 같구나.
窮若將雛鴨
궁 약 장 추 압

밤이 다하도록 잠들지 못하고
竟夜眠不得
경 야 안 부 득

농사 이야기로 새벽이 되었네.
農談逮明發
농 담 체 명 발

따비 풀뿌리를 뽑거나 밭을 가는 데 쓰는 농기구.
들밥 들일을 하다가 들에서 먹는 밥.
삭정이 살아 있는 나무에 붙어 있는, 말라 죽은 가지.
탁무, 노공 한나라 때의 선량한 수령.

◉ 이 시의 뛰어난 점은 무엇보다 농민들의 삶에 대해 애정을 가지고 사실적으로 그려 내고 있다는 것이다. 다 떨어진 짚신을 신고 들밥을 내오는 아낙네, 보릿고개 나물을 뜯는 어린아이, 집을 보는 늙은이, 세금 독촉에 걱정하는 가족들, 사냥한 짐승 고기를 먹으려 비좁게 앉은 사람들, 다음해 농사 걱정으로 잠 못 이루는 사람들, 이들을 통해 화자는 고단한 농민들의 삶을 그려 낸다. 고려 시대 농민들의 삶을 압축적으로 보여 주고 있는 대표적인 농촌시이다.

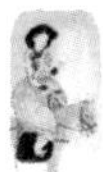

향촌에서 자며

김극기

숙향촌
宿香村

구름 속으로 사오 리를 가서 | 雲行四五里 (운 행 사 오 리)
차츰 푸른 산기슭으로 내려가니 | 漸下蒼山根 (점 하 창 산 근)
까마귀와 솔개 문득 놀라 날고 | 烏鳶忽驚起 (오 연 홀 경 기)
비로소 뽕나무 선 마을 보인다. | 始見桑柘村 (시 견 상 자 촌)
시골 아낙 흐트러진 머리털 바루며 | 村婦理蓬鬢 (촌 부 이 봉 빈)
수풀 아래 사립문을 열고 나온다. | 出開林下門 (출 개 임 하 문)
푸른 이끼는 묵은 길에 가득하고 | 靑苔滿古巷 (청 태 만 고 항)
푸른 벼는 무너진 담을 침범한다. | 綠稻侵頹垣 (녹 도 침 퇴 원)
초가집 처마 밑에 앉기 오래지 않아 | 茅簷坐未久 (모 첨 좌 미 구)
떨어지는 해 옥쟁반에 머무른다. | 落日低瓊盆 (낙 일 저 경 분)
섶나무 베어 밤을 밝히고 | 伐薪忽照夜 (벌 신 홀 조 야)
생선과 게를 올린 상은 비릿하다. | 魚蟹腥盤飧 (어 해 성 반 손)
농부들 각기 방 안에 들자 | 耕夫各入室 (경 부 각 입 실)
농사 얘기로 방 안이 시끄럽다. | 四壁農談諠 (사 벽 농 담 훤)
웃고 떠드는 소리는 고기를 꿴 듯하고 | 𥓌磎作魚貫 (발 계 작 어 관)
사람들의 말소리 새소리처럼 어지럽다. | 咿喔紛鳥言 (이 악 분 조 언)
나는 시름으로 잠을 이루지 못하고 | 我時耿不寐 (아 시 경 불 매)
서쪽 난간에 나가 베개에 의지하니 | 攲枕臨西軒 (의 침 임 서 헌)

반딧불이는 차가운 이슬에 젖고
벌레 소리 빈 동산에 쓸쓸하다.
괴로이 읊조리며 새벽을 기다리니
푸른 바다는 아침 해 머금었다.

露冷螢火濕
노 랭 형 화 습
寒蛩噪空園
한 공 조 공 원
悲吟臥待曙
비 음 와 대 서
碧海含朝暾
벽 해 함 조 돈

◉ 이 시에 그려진 마을은 향촌이다. 그곳은 구름 속 깊은 산기슭 마을이다. 머리털 흐트러진 시골 아낙과 푸른 이끼로 묵은 길은 궁벽함을 더한다. 화롯불을 밝힌 방 안, 사람들이 웃고 떠드는 소리가 고기를 꿴 듯 이어져 소란스럽다. 그 가운데 화자는 시름으로 잠을 이루지 못한다. 차가운 이슬과 빈 동산의 벌레 소리는 화자를 더욱 쓸쓸하게 만든다. 이 쓸쓸함은 무엇 때문일까? 시인이 살았던 시대는 무인들의 정권 다툼이 심했고, 게다가 농민 반란으로 어수선하던 때였다. 농촌 문제에 누구보다 적극적으로 관심을 가졌기 때문에 시인은 향기로운 마을에서조차 괴로워한 것이 아닐까?

쌓인 폐단 없앴다지만

유승단

서덕풍현공관
書德豊縣公館

가는 말 잠시도 멈추지 않으니	頃刻征鞍不蹔停 경 각 정 안 부 잠 정
왕명으로 길이 중요하기 때문이라네.	自緣王命有嚴程 자 연 왕 명 유 엄 정
깊은 밤 등불 아래 일어나니	侵宵燈火扶頭起 침 소 등 화 부 두 기
온종일 세상일에 가위눌렸네.	盡日風塵眯眼行 진 일 풍 진 미 안 행
가는 곳마다 민가는 모두 무너졌고	到處民廬皆剝落 도 처 민 려 개 박 락
절들은 너무 많이 서 있네.	有時僧院過豐盈 유 시 승 원 과 풍 영
요즘 쌓인 폐단 다 없앴다는데	邇來積弊俱爬去 이 래 적 폐 구 파 거
절을 세우는 일은 여전하다네.	一段唯餘塔廟營 일 단 유 여 탑 묘 영

◉ 덕풍현은 오늘날 충청남도 예산군 덕산면이다. 화자는 왕명으로 길을 가다 객관에 잠시 여정을 멈춘다. 잠이 들었지만, 지나치면서 본 백성들의 모습으로 가위눌려 잠이 깨고 말았다. 백성들의 살림살이는 점점 어려워만 가는데, 여기저기 절집은 백성들의 고단한 삶과는 반대로 화려하게 들어서 있다. 부처님의 뜻은 중생을 구제하는 데 있는데, 예나 지금이나 종교가 그러한 역할을 하고 있는지 묻게 된다. 시인은 시를 쓴 동기를 이렇게 적어 두었다.

"지나는 고을마다 집은 무너지고 울타리는 허물어졌는데, 이따금 보이는 우뚝한 큰 집들은 모두 절이다. 이에 슬픔을 이길 수 없어 시를 써서 적어 둔다."

구름

정가신

운

雲

한 조각이 겨우 진흙 위에서 생기더니
어느덧 동서남북에 퍼졌다.
비가 되어 시든 나무 살릴런가 했더니
헛되이 하늘에서 해와 달을 가린다.

一片纔從泥上生
일 편 재 종 이 상 생
東西南北已縱橫
동 서 남 북 이 종 횡
謂爲霖雨蘇群槁
위 위 림 우 소 군 고
空掩中天日月明
공 엄 중 천 일 월 명

◉ 한 조각 구름이 하늘에 퍼져 비가 되어 시든 나무를 살리겠거니 여겼지만, 사람들의 바람과는 반대로 도리어 해와 달만 가린다. 여기서 해와 달은 임금의 총명을, 구름은 그것을 가로막는 존재를 상징한다. 고려 말 개혁을 단행한 신돈을 비판하며 이존오(1341~1371)가 쓴 다음 시조도 상징하는 것이 비슷하다.

구름이 무심(無心)탄 말이 아마도 허랑하다.
중천(中天)에 떠 있어 임의로 다니면서
구태여 광명(光明)한 날빛을 따라가며 덮나니.

이 작품에서 구름은 신돈을, 날빛은 임금(의 총명함)을 상징한다. 구름은 부정적인 존재로 나타난다. 널리 알려진 정철의 〈관동별곡〉에서도 마찬가지다.

낙산 동반으로 의상대에 올라 앉아 일출을 보려고 밤중에 일어나니
…(중략)… 아마도 떠가는 구름이 근처에 머물까 두렵구나.

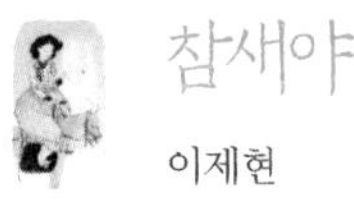

참새야

이제현

소악부
小樂府

참새야, 어디서 날아와 날아가느냐?	黃雀何方來去飛 황 작 하 방 내 거 비
한 해 농사는 일찍이 알지 못하네.	一年農事不曾知 일 년 농 사 부 증 지
늙은 홀아비 홀로 밭 갈고 김맸는데	鰥翁獨自耕耘了 환 옹 독 자 경 운 료
논밭의 벼와 기장을 다 없애느냐?	耗盡田中禾黍爲 모 진 전 중 화 서 위
나무 끝에 작은 닭을 새겨서	木頭雕作小唐鷄 목 두 조 작 소 당 계
젓가락으로 집어 벽 위에 두었네.	筯子拈來壁上棲 저 자 념 래 벽 상 서
이 닭이 꼬끼오 울어 때를 알리면	此鳥膠膠報時節 차 조 교 교 보 시 절
비로소 어머님 얼굴 서쪽 해 같으리라.	慈顔始似日平西 자 안 시 사 일 평 서

◉ 늙은 홀아비가 한 해 동안 땀 흘리며 지어 놓은 벼와 기장을 참새 떼가 날아와 다 먹어 버렸다. 이 정도면 밉살스럽고 얄미운 것을 넘어선다. 시인은 농부를 침탈하는 참새를 통해 세금을 가혹하게 거두어들이는 탐욕스러운 정치를 풍자하고 있다.

나무로 닭을 새긴다. 화자는 그 닭이 울면 어머님이 늙으실 거라고 한다. 어떻게 나무에 새긴 닭이 울 수 있단 말인가? 그런즉 화자는 어머님이 늙지 말고 오래오래 사시라는 축수를 드리는 것이다.

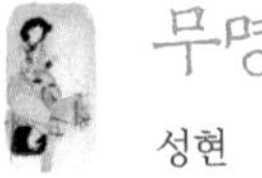

무명

성현

목면사
木綿詞

강남의 무명이라 빛이 더 흰데	江南木綿色逾白 강 남 목 면 색 유 백
눈처럼 어지러이 삿자리에 늘어놓았네.	晴雪紛紛鋪簟席 청 설 분 분 포 점 석
씨아를 돌리니 삐걱거리는 소리	小機搖作鴉櫓聲 소 기 요 작 아 로 성
연한 활로 타니 가을 구름처럼 엷어라.	軟弧彈罷秋雲薄 연 호 탄 파 추 운 박
동쪽 집 색시 밤 다하도록 앉으니	東隣有婦坐夜闌 동 린 유 부 좌 야 란
솜털이 날려 검은 머리에 내려앉네.	風回粉絮縈烏鬟 풍 회 분 서 영 오 환
새 베를 짜느라고 북을 재촉하여	織成新布機杼促 직 성 신 포 기 저 촉
철거덕 북 보내니 손가락이 시리구나.	扎扎輕梭玉指寒 찰 찰 경 사 옥 지 한
반은 새 바지 만들어 아이를 주고	半擬新袴與小兒 반 의 신 고 여 소 아
반은 저고리 만들어서 변방에 보내야겠지.	半作寒衣托邊陲 반 작 한 의 탁 변 수
마음이 괴로워 잠도 오지 않는데	心酸意苦眠不得 심 산 의 고 면 부 득
외로운 등불만 깜박깜박 휘장을 비추네.	孤燈閃閃明維幃 고 등 섬 섬 명 유 위

삿자리 갈대를 엮어서 만든, 앉거나 누울 수 있도록 바닥에 까는 물건.
씨아 목화의 씨를 빼는 기구.
활 목화를 타서 솜을 만드는 데 사용하는 도구.
북 베틀에서, 날실의 틈으로 왔다 갔다 하면서 씨실을 푸는 기구.

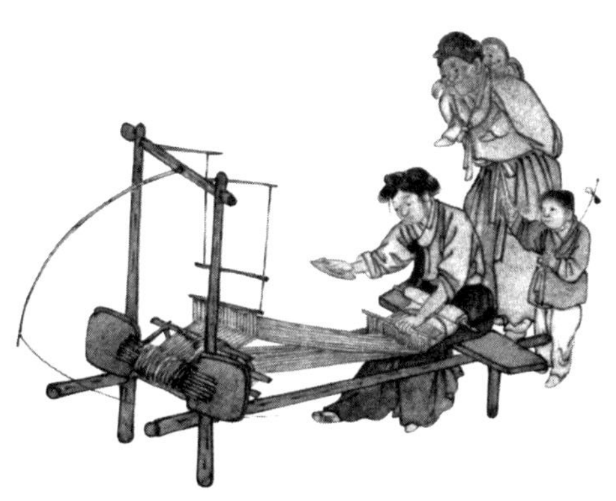

◉ 지금은 길쌈이란 단어조차 낯설지만 옛 여인들은 낮에는 들일로, 밤에는 길쌈으로 시간을 보내야 했다. 지금 남아 있는 길쌈 노래는 지치고 그늘진 삶의 애환을 푸는 한 가지 방법이었다. 이 시에서 제재가 되는 것이 바로 길쌈이다. 젊은 색시는 밤이 다하도록 베를 짠다. 바람에 불려 솜이 머리에 하얗게 내려앉았다. 차가운 방, 손가락이 시리도록 베를 짜는 것은 아이와 저 멀리 변방에 수자리 살러 간 남편의 옷을 짓기 위해서다. 고달프게 살아간 옛 여인들의 모습이 선하게 그려져 있다.

산 아래 초가집

궁촌사
窮村詞

성현

검은 구름 가득하고 북풍 매서운데　玄雲承空朔風怒
현 운 승 공 삭 풍 노
딱따구리는 시냇가 나무를 쫀다.　彩鴷喙喙溪邊樹
채 렬 훼 훼 계 변 수
산 아래 초가집은 달팽이집만 한데　山下茅廬小縮蝸
산 하 모 려 소 축 와
세 아들과 두 늙은이가 사네.　三男兩老同家住
삼 남 양 로 동 가 주
한 아들은 도끼 메고 나무하러 가고　一男荷斧撏薪蒸
일 남 하 부 잠 신 증
한 아들은 토끼 발자국 따라 언덕 넘어가고　一男跡兔踰丘陵
일 남 적 토 유 구 릉
막내아들은 밥 달라고 울며 보채고　最少一男啼索飯
최 소 일 남 제 색 반
할멈은 버선 깁고, 늙은인 새끼 꼬네.　姑坐補襪翁陶繩
고 좌 보 말 옹 도 승
군불이 넉넉해 방바닥은 따뜻하고　土榻微溫煙火足
토 탑 미 온 연 화 족
솥에는 보글보글 콩죽이 끓네.　瓦釜瀜瀜泣豆粥
와 부 융 융 읍 두 죽
소는 울며 콩깍질 씹고 닭은 홰에　牛鳴齕萁鷄在榤
우 명 흘 기 계 재 걸
사람과 짐승 흉년에 살길이 막막하다.　人物凶年生理拙
인 물 흉 년 생 리 졸
막내는 아비 옷 끌고, 늙은인 이마 쓰다듬고　兒牽翁衣翁撫頂
아 견 옹 의 옹 무 정
문밖에 서서 산에 가득한 눈을 바라본다.　出門同看滿山雪
출 문 동 간 만 산 설

군불 음식을 하기 위해서가 아니라 방을 덥게 하려고 때는 불.
홰 새장이나 닭장 속에 새나 닭이 올라앉게 가로질러 놓은 나무 막대.

◉ 제목 그대로 가난한 농촌의 모습을 그렸다. 달팽이집만 한 오막살이에 두 늙은이와 세 아들이 살고 있다. 계절은 북풍이 매서운 겨울. 두 늙은이는 버선을 깁고 새끼를 꼬고, 한 아들은 나무하러 가고 또 한 아들은 토끼를 잡으러 갔다. 아직 어린 막내아들은 배가 고파 울며 보챈다. 흉년으로 살길이 막막한 농촌의 모습이지만, 군불이 따뜻하게 지펴져 있고, 솥에 콩죽이 보글보글 끓는 모습에 그래도 희망이 보인다. 막내는 아비 옷을 끌고, 늙은이는 이마를 쓰다듬으며 문밖에 서서 산에 가득한 눈을 바라보며 두 아들을 기다리는 모습에는 따스한 인정이 흐르고 있다.

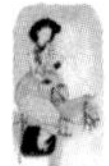

유민의 한탄

어무적

유민탄
流民歎

백성들 힘들구나, 백성들 힘들구나.	蒼生難蒼生難 창 생 난 창 생 난
흉년이 들어 너희들 먹을 것 없구나.	年貧爾無食 연 빈 이 무 식
나는 너희들 구제할 마음 있어도	我有濟爾心 아 유 제 이 심
너희들 구제할 힘이 없구나.	而無濟爾力 이 무 제 이 력
백성들 괴롭구나, 백성들 괴롭구나.	蒼生苦蒼生苦 창 생 고 창 생 고
날은 추운데 너희들 입을 것 없구나.	天寒爾無衾 천 한 이 무 금
저들은 너희들 구제할 힘이 있어도	彼有濟爾力 피 유 제 이 력
너희들 구제할 마음이 없구나.	而無濟爾心 이 무 제 이 심
바라는 건 소인의 배를 뒤집어	願回小人腹 원 회 소 인 복
잠시 군자의 마음으로 바꾸고,	暫爲君子慮 잠 위 군 자 려
잠시 군자의 귀를 빌려	暫借君子耳 잠 차 군 자 이
백성의 말을 듣게 하는 것.	試聽小民語 시 청 소 민 어
백성은 말을 해도 임금이 모르니	小民有語君不知 소 민 유 어 군 부 지
백성들 모두 집을 잃었네.	今歲蒼生皆失所 금 세 창 생 개 실 소
대궐에서 백성들 근심하는 조칙 내려도	北闕雖下憂民詔 북 궐 수 하 우 민 조
지방 관청에 내려오면 쓸모없는 종잇조각.	州縣傳看一虛紙 주 현 전 간 일 허 지
서울 관리 보내어 백성 고통 물으려	特遣京官問民瘼 특 견 경 관 문 민 막
천리마로 날마다 삼백 리를 달려도,	馹騎日馳三百里 일 기 일 치 삼 백 리

우리 백성들은 문을 나설 힘도 없으니
어느 겨를에 마음속 일을 말하랴?
한 고을에 서울 관리 한 사람씩 오더라도
관리는 귀가 없고 백성은 입이 없으니,
급암 같은 선한 관리 불러
아직 죽지 않은 백성 구함만 못하리라.

吾民無力出門限
오 민 무 력 출 문 한
何暇面陳心內事
하 가 면 진 심 내 사
縱使一郡一京官
종 사 일 군 일 경 관
京官無耳民無口
경 관 무 이 민 무 구
不如喚起汲淮陽
불 여 환 기 급 회 양
未死孑遺猶可救
미 사 혈 유 유 가 구

◉ 이 시에는 백성의 힘겨운 삶이 그려져 있다. 흉년이 들어 먹을 것이 없고, 날이 추워도 입을 것 없다. 이런 백성들의 실상을 알고 백성을 구제할 힘이 있는 관리들은 백성을 구제할 마음이 없다. 임금이 조칙을 내려도 지방 관청에 이르면 그 명령은 한낱 쓸모없는 종잇조각에 불과하다. 한나라 무제 때 선정을 베풀었던 급암(汲黯) 같은 목민관을 불러 아직 죽지 않은 백성이나 구하고 싶다는 말에는 관리에 대한 통렬한 비판이 들어 있다.

동산역에서

이달

동산역
洞山驛

이웃집 젊은 아낙 저녁거리가 없어
빗속에 보리 베어 초가로 돌아온다.
물기에 젖은 섶은 불길이 일지 않고
문 들어선 아이들은 옷을 잡고 운다.

鄰家少婦無夜食
인 가 소 부 무 야 식
雨中刈麥草間歸
우 중 예 맥 초 간 귀
青薪帶濕烟不起
청 신 대 습 연 불 기
入門兒女嚬牽衣
입 문 아 녀 제 견 의

◉ 허균은 《학산초담》에 이 시를 실으면서, "시골집에서 먹을 것 때문에 괴로워하는 모습을 마치 눈으로 보는 것처럼 그려 냈다."라고 썼다. 젊은 아낙은 저녁거리가 없어 채 익지 않은 보리를 베어 온다. 그나마 보리죽이라도 쑤어 가족을 먹이려는 것일 게다. 그렇지만 비가 내려 축축해진 땔나무는 연기만 일으키고 불이 붙질 않는다. 부엌문을 들어선 아이들은 배가 고파 어머니 옷깃을 당기며 운다. 고단하고 힘든 한 가족의 삶이 압축적으로 그려져 있다.

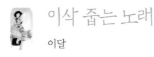

이삭 줍는 노래

이달

습수요
拾穗謠

밭고랑에서 이삭 줍는 시골 아이의 말이
하루 종일 돌아다녀도 광주리가 안 찬다네.
올해에는 벼 베는 사람들도 약삭빨라서
떨어진 이삭까지 거둬 관가 창고에 바쳤다네.

田間拾穗村童語
전 간 습 수 촌 동 어
盡日東西不滿筐
진 일 동 서 불 만 광
今歲刈禾人亦巧
금 세 예 화 인 역 교
盡收遺穗上官倉
진 수 유 수 상 관 창

◉ 허균은 손곡 이달에게 공부해 이달의 시를 가려 엮고, 그의 사람됨을 기려 〈손곡산인전〉을 지었다. 허균은 스승 이달을 평하기를, "시는 맑고 깨끗하며 아담하고 고왔다. 신라와 고려 이래로 당시(唐詩)를 지었다고 하는 사람 중 아무도 이달을 따를 사람이 없었다."라고 극찬했다. 이 시에 대해서도 허균은 《학산초담》에서, "이 시는 흉년을 당한 시골 사람의 말을 직접 듣는 것처럼 나타냈다."라고 평했다.

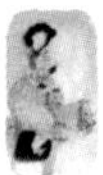

홀로 잠을 잔다네

허난설헌

빈녀음
貧女吟

손으로 가위 잡고 옷 마르느라
차가운 밤 열 손가락이 곱네.
다른 사람 시집갈 옷 만들지만
해마다 나는 홀로 잠을 잔다네.

手把金剪刀
수 파 금 전 도
夜寒十指直
야 한 십 지 직
爲人作嫁衣
위 인 작 가 의
年年還獨宿
연 년 환 독 숙

곱다 손가락이나 발가락이 얼어서 감각이 없고 놀리기가 어렵다.

◉ 정조 때 이옥은 희곡 〈동상기〉에서 세상의 어려운 일 세 가지 가운데 가난한 처녀가 혼인하는 일이 가장 힘든 것이라고 말했다. 이 시의 화자는 가난한 처녀다. 차가운 방에서 옷을 짓느라 가위를 잡으니, 열 손가락이 얼어서 감각이 없고 놀리기가 어렵다. 손가락을 입김으로 호호 불면서 일을 하지만, 그 옷은 시집갈 다른 여자가 입을 옷이다. 화자는 시집갈 다른 여자의 옷을 만들지만, 정작 자신은 (나이가 찼으면서도) 시집을 가지 못했다. 얼마나 한스러운가? 조선의 법전 《경국대전》에는 가난 때문에 늦도록 혼인하지 못했을 때 국가가 혼인 비용을 부담해 주도록 했다. 또한 정약용도 《목민심서》에서 가난한 백성을 혼인시키는 일은 지방 수령이 반드시 해야 할 일이라고 말했다. 가난 때문에 시집을 가지 못한 이 이야기와, 교육비 때문에 아이를 낳지 않으려고 하는 요즘의 세태는 많이 닮았다. 다음의 상황도 이 시와 비슷하다.

맨발의 사람들 토끼를 뒤쫓지만 赤脚人趁兎 적각인진토
가죽신 신은 사람들이 고기 먹는다네. 著鞾人喫肉 저화인끽육

- 혜명, 〈연소(延沼)〉

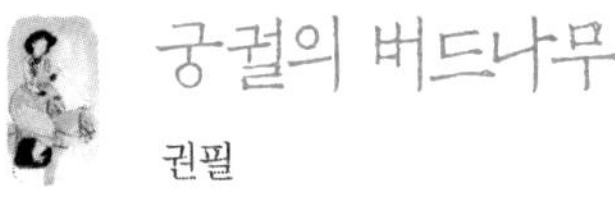

궁궐의 버드나무

권필

문임무숙삭과
聞任茂叔削科

궁궐 버들은 푸르고 꽃은 어지러이 나는데

성안 가득한 높은 벼슬아치, 봄빛에 아양 떤다.

조정의 대신들 모두 태평을 경하하지만

그 누가 위태로운 말 포의에게서 나오게 했나?

宮柳靑靑花亂飛　滿城冠蓋媚春暉
궁 류 청 청 화 란 비　만 성 관 개 미 춘 휘
朝家共賀昇平樂　誰遣危言出布衣
조 가 공 하 승 평 악　수 견 위 언 출 포 의

위태로운 말　원문은 '危言'. 《논어》에 다음과 같은 말이 있다. "공자가 말했다. '나라에 올바른 도리가 행해지고 있을 때에는 고상한 말과 고상한 행동(危言危行)을 하고, 올바른 도리가 행해지지 않을 때에는 고상한 행동을 하되 말은 겸손해야 한다.'"
포의(布衣)　벼슬이 없는 선비.

◉ 이 시는 〈궁류시(宮柳詩)〉라고도 한다. 광해군이 왕위에 오르자 왕비 유 씨의 아우 유희분과 이이첨 등이 권력을 마음대로 하였다. 임숙영이라는 선비가 전시(殿試) 대책(對策)에서 왕의 정치가 잘못되었다고 주장하니, 광해군이 과거 합격을 취소하라고 명했다. 이에 권필이 그 소식을 듣고 개탄해 이 시를 지어 풍자했다. 그러자 광해군이 이 시를 얻어 보고는 크게 노해, 권필을 귀양 보냈다. 권필은 사람들이 주는 전별의 술을 폭음하여 이튿날 죽었다. 시에서 말한 궁궐의 버들은 유 씨를 비유한 것이며, 포의(布衣)는 임숙영을 가리킨다.

겨울옷 부치니

정몽주

정부원
征婦怨

떠난 지 여러 해 소식 없으니
수자리 죽살이 그 누가 알까요?
오늘 아침 비로소 겨울옷 부치니
눈물 흘리며 떠날 때 밴 아이랍니다.

一別年多消息稀
일 별 년 다 소 식 희
塞垣存歿有誰知
새 원 존 몰 유 수 지
今朝始寄寒衣去
금 조 시 기 한 의 거
泣送歸時在腹兒
읍 송 귀 시 재 복 아

회문시 수놓으니 비단 글자 새롭고
멀리 보내려니 까닭 없이 한스러워요.
변방에서 온 사람 있을까 하여
매일같이 나루터에서 묻는답니다.

織罷回文錦字新
직 파 회 문 금 자 신
題封寄遠恨無因
제 봉 기 원 한 무 인
衆中恐有遼東客
중 중 공 유 요 동 객
每向津頭問路人
매 향 진 두 문 로 인

수자리(戍--) 국경을 지키던 일. 또는 그런 병사.
회문시 머리에서부터 내리읽으나 아래에서부터 올려 읽으나 뜻이 통하는 시.

◉ 고려 말, 외침이 잦은 혼란스러운 상황에서 수자리 살러 간 남편을 둔 여인의 아픔이 짙게 배어 있다. 떠난 지 여러 해 동안 남편은 죽었는지 살았는지 소식도 없다. 매일같이 나루터에 나가 변방에서 온 사람이 있는지 묻는다. 행여나 국경의 소식이라도 얻어들을까 해서이다. 남편이 떠날 때 배 속에 있던 아이가 어느새 자랐다. 오늘 아침, 그 아이 편에 남편 겨울옷을 지어 보낸다. 그리움을 담은 편지와 함께. 화자는 한 많은 여인의 모습을 담담하게 그려 내고 있지만, 그 속에는 현실에 대한 비판적인 인식이 자리하고 있다. 이수광은 《지봉유설》에서 첫 수의 4구가 매우 뛰어나다고 평했다.

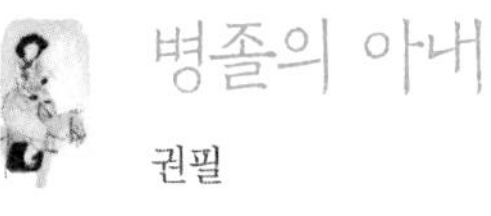

병졸의 아내

권필

정부원
征婦怨

교하에 서리 내려 기러기 남쪽으로 날아가는데
구월인데 금성은 포위가 풀리지 않았다네.
아내는 군인 간 남편 이미 죽은 줄도 모르고
깊은 밤 오히려 남편 겨울옷 다듬질하네.

交河霜落鴈南飛　九月金城未解圍
교 하 상 락 안 남 비　구 월 금 성 미 해 위
征婦不知卽已沒　夜深猶自搗寒衣
정 부 부 지 즉 이 몰　야 심 유 자 도 한 의

교하 오늘날 경기도 파주시 교하읍.

◉ 서리 내린 가을, 이제 곧 추위가 닥칠 텐데 남편은 전쟁(임진왜란)에 나가 돌아오시 않았다. 아내는 전쟁에 나간 남편의 겨울옷을 다듬질한다. 남편이 이미 죽었는데도 그것을 모르고 남편 겨울옷을 짓는다는 데는, 백성이 겪는 전쟁의 참상이 그 어떤 말보다 아프게 그려져 있다.

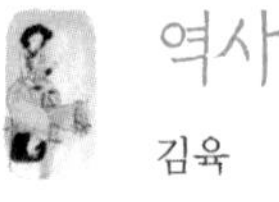

역사

김육

관사유감
觀史有感

옛 역사 보고 싶지 않은 건	古史不欲觀 고 사 불 욕 관
볼 때마다 눈물 흘러서라네.	觀之每迸淚 관 지 매 병 루
군자들은 반드시 불운하고	君子必困厄 군 자 필 곤 액
소인들은 뜻한 바를 이루었네.	小人多得志 소 인 다 득 지
일이 이루어질 만하면 무너지고	垂成敗忽萌 수 성 패 홀 맹
편안하고자 하면 위태로워졌네.	欲安危已至 욕 안 위 이 지
하·은·주 세 나라 다음부터	從來三代下 종 래 삼 대 하
하루도 다스려진 적이 없다네.	不見一日治 불 견 일 일 치
백성들이 무슨 죄가 있는지	生民亦何罪 생 민 역 하 죄
하늘의 뜻은 알 수가 없네.	冥漠蒼天意 명 막 창 천 의
지난 일도 이와 같은데	既往尙如此 기 왕 상 여 차
하물며 오늘의 일이겠는가?	而況當時事 이 황 당 시 사

◉ 김육의 정치적인 업적은 무엇보다 대동법의 확대 실시와 화폐 유통이라고 할 수 있다. 당시 조선은 임진왜란과 병자호란을 겪으면서 민생은 궁핍해졌고 국가 재정도 악화되었다. 김육은 정치가로서 무엇보다 민생을 안정시키고 국가 재정을 정비하는 데 힘을 기울였다. 이 시는 그의 이러한 정치가로서의 모습이 잘 나타난다. 역사를 보노라면 언제나 군자는 곤란을 당하고 소인은 뜻한 바를 이룬다. 하·은·주 삼대 이래로 하루도 제대로 다스려진 적이 없다. 그 피해는 순전히 죄 없는 백성들에게 돌아간다. 그래서 이론과 실천을 함께 갖춘 훌륭한 정치가가 필요한 것이다.

4월 15일

사월십오일
四月十五日

이안눌

4월 15일	四月十五日	사 월 십 오 일
새벽부터 집집마다 곡하는 소리.	平明家家哭	평 명 가 가 곡
천지는 변하여 소슬하고	天地變簫瑟	천 지 변 소 슬
쓸쓸한 바람 나무를 흔든다.	淒風振林木	처 풍 진 림 목
놀라고 이상해 늙은 아전에게 묻는다.	驚怪問老吏	경 괴 문 로 리
"곡소리가 왜 이리 구슬픈가?"	哭聲何慘怛	곡 성 하 참 달
"임진년에 왜놈이 쳐들어와	壬辰海賊至	임 진 해 적 지
이날 성이 함락됐습니다.	是日城陷沒	시 일 성 함 몰
그때 송상현 사또님이	惟時宋使君	유 시 송 사 군
성을 지키시며 충절을 지켰지요.	堅壁守忠節	견 벽 수 충 절
백성들도 성안으로 들어와	闔境驅入城	합 경 구 입 성
모두가 피바다를 이루었답니다.	同時化爲血	동 시 화 위 혈
시체가 쌓였는데	投身積屍底	투 신 적 시 저
겨우 한둘만 살았지요.	千百遺一二	천 백 유 일 이
그래서 이날만 되면	所以逢是日	소 이 봉 시 일
제사상을 차리고 곡을 합니다.	設奠哭其死	설 전 곡 기 사
아버지는 아들을 곡하고	父或哭其子	부 혹 곡 기 자
아들은 아버지를 곡하고,	子或哭其父	자 혹 곡 기 부

할아버지는 손자를 곡하고	祖或哭其孫	조 혹 곡 기 손
손자는 할아버지를 곡합니다.	孫或哭其祖	손 혹 곡 기 조
어머니는 딸을 곡하고	亦有母哭女	역 유 모 곡 녀
딸은 어머니를 곡하고,	亦有女哭母	역 유 여 곡 모
아내는 남편을 곡하고	亦有婦哭夫	역 유 부 곡 부
남편은 아내를 곡하지요.	亦有夫哭婦	역 유 부 곡 부
형제와 자매	兄弟與姊妹	형 제 여 자 매
살아 있는 사람들은 모두 곡을 합니다."	有生皆哭之	유 생 개 곡 지
이마를 찡그리고 다 듣기도 전에	蹙額聽未終	축 액 청 미 종
눈물이 주르르 흐른다.	涕泗忽交頤	체 사 홀 교 이
아전이 다시 이렇게 말한다.	吏乃前致詞	이 내 전 치 사
"곡할 사람이라도 있으면 낫지요.	有哭猶未悲	유 곡 유 미 비
가족이 모두 칼날 아래 죽어서	幾多白刃下	기 다 백 인 하
곡할 사람도 없는 집이 많답니다."	擧族無哭者	거 족 무 곡 자

곡하다 제사나 상례를 지낼 때에 일정한 소리를 내며 울다.
소슬하다 으스스하고 쓸쓸하다.
아전 조선 시대에, 중앙과 지방의 관아에 속한 구실아치(벼슬아치 밑에서 일을 보던 사람).

◉ 이안눌은 1607년 12월부터 1609년 5월까지 동래 부사를 지냈다. 4월 15일은 1592년 임진왜란으로 동래성이 함락된 날이다. 그때 동래 부사였던 송상현은 백성들과 성을 지키다가 죽음을 당했다. 이 시는 그때의 상황을 늙은 아전의 말을 통해 보여 주고 있다. 시는 화자와 늙은 아전의 대화로 이루어진다. 늙은 아전을 통해 화자는 지금의 곡소리 사연을 독자들에게 전달한다. 아전의 입을 통해 전해지는 그때의 상황은 독자들에게 비분강개를 느끼게 한다. 마지막으로 아전이 덧붙이는 말에는, 곡소리조차도 없는 슬픔이 더 커다란 아픔이라는 역설을 보여 준다.

산골 아낙

김창협

산민
山民

말에서 내려 사람 있느냐 물으니	下馬問人居 하 마 문 인 거
아낙이 문을 열고 나온다.	婦女出門看 부 녀 출 문 간
초가집 안으로 맞아들이더니	坐客茅屋下 좌 객 모 옥 하
길손 위하여 밥상 차린다.	爲客具飯餐 위 객 구 반 찬
“바깥양반은 어디 계시오?”	丈夫亦何在 장 부 역 하 재
“아침에 쟁기 메고 산에 갔지요.	扶犁朝上山 부 리 조 상 산
산밭은 갈기가 너무 힘들어	山田苦難耕 산 전 고 난 경
날이 저물도록 오지 못합니다.”	日晩猶未還 일 만 유 미 환
사방을 둘러봐도 이웃은 없고	四顧絶無隣 사 고 절 무 린
닭과 개만 첩첩한 산에 있구나.	鷄犬依層巒 계 견 의 층 만
숲 속에는 사나운 호랑이 많아	中林多猛虎 중 림 다 맹 호
뜯은 콩잎 밥상에 차지 않는다.	采藿不盈盤 채 곽 불 영 반
불쌍하다, 이곳이 뭐가 좋다고	哀此獨何好 애 차 독 하 호
험한 산골짜기에서 사는가?	崎嶇山谷間 기 구 산 곡 간
저 들녘에서 살아가는 게 편안해	樂哉彼平土 낙 재 피 평 토
가고 싶지만 원님이 너무 무섭다네.	欲往畏縣官 욕 왕 외 현 관

◉ 이 시에는 산골짜기에서 사는 아낙의 말을 빌려 현실을 비판적으로 인식하는 시인의 태도가 담겨 있다. 산밭은 쟁기질도 어려워 날이 저물도록 남편은 돌아오지 않았다. 농민의 힘든 삶이 오롯이 드러난다. 이웃도 없이 사나운 호랑이가 있는 산속에 사는 아낙도 너른 들판 생활이 편안하다는 것을 안다. 아낙인들 산골짜기에서 사는 것이 힘들다는 것을 왜 모르겠는가? 그러나 산을 내려가면 호랑이보다 더 무서운 원님이 버티고 있다는 것을 알기 때문에 어쩔 수 없이 산골짜기에 사는 것이다. 일찍이 《예기》에서 "가혹한 정치는 호랑이보다 무섭다.(苛政猛於虎)"라고 하고, 맹자도 "백성들은 일정한 산업이 있어야 일정한 마음을 갖습니다.(有恒產者有恒心)"라고 했다.

얼음 뜨는 사람

김창협

착빙행
鑿氷行

늦겨울 한강에 얼음이 얼어	季冬江漢氷始壯 계 동 강 한 빙 시 장
천 사람 만 사람 강 위에 나왔다.	千人萬人出江上 천 인 만 인 출 강 상
여기저기서 도끼로 쩡쩡 얼음을 깨니	丁丁斧斤亂相斲 정 정 부 근 난 상 착
우레 같은 소리 수궁까지 들리겠네.	隱隱下侵馮夷國 은 은 하 침 빙 이 국
베어 낸 얼음 설산같이 쌓이는데	斲出層氷似雪山 착 출 층 빙 사 설 산
추위가 살을 에듯 스며든다.	積陰凜凜逼人寒 적 음 름 름 핍 인 한
낮엔 석빙고로 져 나르고	朝朝背負入凌陰 조 조 배 부 입 릉 음
밤엔 강 복판에서 얼음을 뜬다.	夜夜椎鑿集江心 야 야 추 착 집 강 심
짧은 낮 긴 밤, 밤늦도록 일하니	晝短夜長夜未休 주 단 야 장 야 미 휴
주고받는 노래 모래섬에 이어진다.	勞歌相應在中洲 노 가 상 응 재 중 주
정강이 드러난 바지엔 짚신도 없고	短衣至骭足無屝 단 의 지 간 족 무 비
찬 강바람에 손가락이 부서질 듯하다.	江上嚴風欲墮指 강 상 엄 풍 욕 타 지
부잣집 유월의 찌는 듯한 더위에	高堂六月盛炎蒸 고 당 육 월 성 염 증
미인의 고운 손 맑은 얼음 내온다.	美人素手傳淸氷 미 인 소 수 전 청 빙
칼로 얼음 깨 자리에 두루 돌리니	鸞刀擊碎四座徧 난 도 격 쇄 사 좌 편
맑은 날 공중에 하얀 싸락눈 흐른다.	空裏白日流素霰 공 리 백 일 유 소 산
방에 가득 즐거워 더위를 모르는데	滿堂歡樂不知暑 만 당 환 락 부 지 서
얼음 뜨는 이 고생 누가 말을 할까?	誰言鑿氷此勞苦 수 언 착 빙 차 로 고

그대는 보지 못했는가?
길가에 더위 먹고 죽은 사람들,
모두 강에서 얼음 뜨던 사람이라네.

君不見
군불견
道傍暍死民
도방갈사민
多是江中鑿氷人
다시강중착빙인

◉ 돌로 만든 얼음 창고인 석빙고는 한겨울에 얼음을 저장하였다가 여름철에 꺼내 쓰던 창고라는 것을 모르는 사람은 거의 없다. 여기에 우리 조상의 지혜가 담겨 있는 문화유산이라는 꾸밈말을 덧붙이면 새삼 선조들의 지혜가 놀랍다는 것을 알게 된다. 이 시는 이러한 우리의 시각이 과연 석빙고라는 문화유산을 바로 보는 것인지 반성하게 한다. 살을 에는 추위를 무릅쓰고 얼음을 뜨던 사람들은, 정작 더운 여름에 얼음 한 조각 먹어 보지 못하고 더위 먹고 죽는다. 얼마나 모순된 현실인가? 공자는 정치(政)란 올바른(正) 것이라고 했다. 고생하는 사람이 혜택을 누리는 것이 올바른 이치다.

나무하는 계집종

신광수

채신행
採薪行

가난한 집 계집종 신발도 신지 않고
산에 나무하러 가니 차돌맹이 많네.
차돌에 부딪혀 발에 피가 흐르고
나무뿌리에 그만 낫이 부러졌다네.
발에 흐르는 피 괴롭기보다
낫 부러져 주인에게 야단맞는 게 무섭네.
날이 저물어 나무 한 단 이고 돌아와
한 덩이 조밥 요기도 안 되는데,
주인에게 꾸지람만 잔뜩 듣고
문밖에 나가서 몰래 훌쩍이네.
남자의 꾸지람은 한때라지만
여자의 노여움은 때가 없다네.
나리 노여움이야 견딜 만하다지만
마님 노여움은 견디기 어렵다네.

貧家女奴兩脚赤
빈 가 녀 노 양 각 적
上山採薪多白石
상 산 채 신 다 백 석
白石傷脚脚見血
백 석 상 각 각 견 혈
木根入地鎌子折
목 근 입 지 겸 자 절
脚傷見血不足苦
각 상 견 혈 부 족 고
但恐鎌折主人怒
단 공 겸 절 주 인 노
日暮戴薪一束歸
일 모 대 신 일 속 귀
三合粟飯不饒飢
삼 합 속 반 불 료 기
但見主人怒
단 견 주 인 노
出門潛啼悲
출 문 잠 제 비
男子怒一時
남 자 노 일 시
女子怒多端
여 자 노 다 단
男子猶可女子難
남 자 유 가 여 자 난

◉ 가난한 집 계집종이 산에 나무를 하러 간다. 신발도 없이 험한 산을 오르니 발바닥에는 피가 흐른다. 어쩌다 나무뿌리에 낫이 걸려 부러지고 말았다. 한 덩이 조밥으로 끼니를 때우지만, 주인에게 꾸지람 들을 일을 생각하면 하늘이 노랗다. 저물어 터덜터덜 돌아오니 역시 주인의 꾸중이 먼저다. 문밖에 나가서 눈물을 흘릴 수밖에.

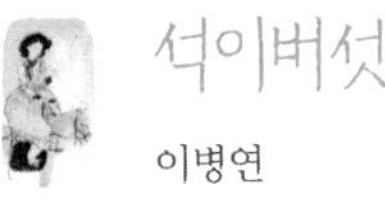

석이버섯

이병연

석이행
石耳行

도봉산 만 길 봉우리 곧장 하늘로 솟아	萬丈之峯直上天 만 장 지 봉 직 상 천
깎아지른 벼랑 소나무도 뻗지 못하네.	全壁削成松不枳 전 벽 삭 성 송 부 지
아지랑이 오르고 안개 끼어 바위 푸르니	嵐蒸霧歊石色青 남 증 무 효 석 색 청
봉우리 반은 석이버섯이라고들 하네.	人言峯半産石耳 인 언 봉 반 산 석 이
양주 고을 한 사람 날렵하고 욕심 많아	楊州有氓趫而貪 양 주 유 맹 교 이 탐
백발에 몸 가벼이 석이버섯 따려 했네.	白首輕身利於此 백 수 경 신 이 어 차
산 뒤로 좁은 길을 따라 가서	山背微縫去因緣 산 배 미 봉 거 인 연
산꼭대기 이르니 이익이 저 아래 있네.	旣臨其巓利在底 기 림 기 전 이 재 저
산신께 향불 피워 가난을 호소하고	齋香祭神訴貧窮 재 향 제 신 소 빈 궁
사방을 둘러보며 한번 죽을 각오하네.	四顧彷徨拚一死 사 고 방 황 변 일 사
백 척 삼실 엮어 두 끝을 나누어	絞麻百尺分兩端 교 마 백 척 분 량 단
각각 바위 모서리와 제 허리에 묶고,	纏在石角在腰裏 전 재 석 각 재 요 리
굳게 마음먹고 몸을 허공으로 던지니	硬心用膽向虛空 경 심 용 담 향 허 공
흔들흔들 늘어뜨려져 겨우 바위에 닿아,	裊裊垂下稍安趾 요 뇨 수 하 초 안 지
바위틈 두루 찾아 석이버섯 따는데	挑多擷深遍罅隙 도 다 힐 심 편 하 극
한낮이 되어 어깨 무거워도 그치질 않네.	日午肩重猶不止 일 오 견 중 유 부 지
긴 줄이 흔들리는데 사람은 보이지 않아	長繩時搖未見人 장 승 시 요 미 견 인
줄을 지키던 아들이 울음을 우네.	守繩危峭泣其子 수 승 위 초 읍 기 자

아들 울음 들리지 않고 줄은 끊어질 듯
처량한 바람 불어오고 해는 보랏빛.
겁이 나 광주리 전하고 위로 올라
부자가 보고 우니 근심스런 구름 이네.
시냇가 논은 가뭄으로 버려두고
눈 속에 나무해 보아도 신발만 닳는다네.
석이버섯 한 짐이면 돈이 천 닢이니
내일 아침엔 저자에나 가 봐야지.
벼랑 아래 해골 있다는 것 또한 알지만
식구들 위해 제 한 몸 잊은 것이라네.
아, 재물에 빠진 백성도 죄가 있지만
부자들 또한 부끄러움 알아야지.
논 갈고 우물 파는 착한 백성들,
누가 석이버섯 맛난 것 알게 했는가?

子泣莫聞繩欲斷
자 읍 막 문 승 욕 단
凄風倒吹日黃紫
처 풍 도 취 일 황 자
心動遺籃却上來
심 동 유 람 각 상 래
翁孩向哭愁雲起
옹 해 향 곡 수 운 기
溪南祖田水旱捐
계 남 조 전 수 한 연
負薪雪中空破屣
부 신 설 중 공 파 사
一擔千錢且可資
일 담 천 전 차 가 자
只擬明朝向場市
지 의 명 조 향 장 시
亦知崖下有死骸
역 지 애 하 유 사 해
苦爲百口忘一己
고 위 백 구 망 일 기
嗚呼溺貨氓可罪
오 호 닉 화 맹 가 죄
肉食諸公與有恥
육 식 제 공 여 유 치
性於耕鑿堯舜民
성 어 경 착 요 순 민
誰遣知此石耳美
수 견 지 차 석 이 미

척 '자'와 같은 말. 길이의 단위이며, 1척은 약 30.3센티미터에 해당한다.
삼실 삼 껍질에서 뽑아낸 실.
닢 낙잡한 물건을 세는 단위. 흔히 돈이나 가마니, 멍석 따위를 셀 때 쓴다.

◉ 석이버섯은 다른 버섯과 달리 이끼류로 주로 화강암의 절벽에 붙어서 산다. 그래서 채취하기가 그만큼 어렵다. 예부터 석이를 따러 가는 남자에게는 부인이 점심을 싸 주지 않는다고 한다. 높은 바위 벼랑에 붙어서 석이버섯을 따다가 허기져 발을 헛딛지 않도록 하기 위해서란다. 정신없이 석이를 따다가 떨어질세라, 배가 고프면 바로 집으로 오라는 뜻에서라고 한다. 도봉산 만 길 봉우리 깎아지른 벼랑의 석이버섯 따기가 위험한 줄 그 누가 모르랴? 벼랑 아래 무수한 해골은 바로 그 석이버섯을 따다가 목숨 잃은 사람들이다. 그러나 논밭은 황폐하고 나뭇짐 팔아야 돈도 되지 않으니 그 위험한 일을 하는 것이다. 그러나 그 석이버섯도 부자들 밥상에나 오른다. "논 갈고 우물 파는 착한 백성들, 누가 석이버섯 따라고 이곳에 보냈는가?"라는 마지막 구절에는, 백성들을 보살피지 못하고 죽음으로 내모는 위정자에 대한 강한 비판이 들어 있다.

보리타작

정약용

타맥행
打麥行

새로 거른 막걸리 젖처럼 하얗고	新篘濁酒如湩白 신 추 탁 주 여 동 백
큰 사발에 보리밥, 높이가 한 자로세.	大碗麥飯高一尺 대 완 맥 반 고 일 척
밥 먹자 도리깨 잡고 마당에 나서니	飯罷取耞登場立 반 파 취 가 등 장 립
검게 탄 두 어깨 햇빛 받아 붉구나.	雙肩漆澤飜日赤 쌍 견 칠 택 번 일 적
옹헤야, 소리 내며 발맞추어 두드리니	呼邪作聲擧趾齊 호 야 작 성 거 지 제
금방 보리 낟알 여기저기 흩어지네.	須臾麥穗都狼藉 수 유 맥 수 도 랑 자
주고받는 노랫소리 더욱더 높아지는데	雜歌互答聲轉高 잡 가 호 답 성 전 고
보이는 건 지붕 위 어지러이 날리는 보리.	但見屋角紛飛麥 단 견 옥 각 분 비 맥
그 얼굴빛들 보니 즐겁기 짝이 없어	觀其氣色樂莫樂 관 기 기 색 낙 막 락
마음이 몸의 부림을 받지 않았네.	了不以心爲形役 요 불 이 심 위 형 역
낙원이 먼 곳에 있는 게 아닌데	樂園樂郊不遠有 낙 원 락 교 불 원 유
무엇하러 세상 나그네 되어 있는가?	何苦去作風塵客 하 고 거 작 풍 진 객

◉ 잘 알려진 대로 정약용은 정조의 죽음과 때를 같이하여 노론 벽파가 남인계의 시파를 제거하기 위해 일으킨 신유박해에 연좌되어 1801년부터 1818년까지 장기, 강진 등에 유배된다. 정약용의 방대한 저술은 대부분 이 유배 시절에 이루어지는데, 특히 지방 관리들이 백성들을 다스리는 도리를 설명한 《목민심서》는 백성에 대한 그의 생각이 어떠했는지 잘 보여 준다. 이 시는 유배 시절 백성들의 보리타작을 보면서, 벼슬길을 헤매다 세상에서 버림받은 자신의 삶에 대해 성찰하는 모습이 담겨 있다.

귀양지에서

정약용

탐진촌요
耽津村謠

一

누릿재 고개 위에 높다란 바위들이 | 樓犁嶺上石漸漸 (누리령상석점점)
나그네 뿌린 눈물에 언제나 젖어 있네. | 長得行人淚洒沾 (장득행인누사첨)
월남 땅 향하여 월출산 보지 마라. | 莫向月南瞻月出 (막향월남첨월출)
봉우리들이 모두 도봉산과 닮았네. | 峰峰都似道峰尖 (봉봉도사도봉첨)

七

새로 짠 무명이 눈같이 고운데 | 棉布新治雪樣鮮 (면포신치설양선)
이방 줄 돈이라고 황두가 빼앗는다. | 黃頭來博吏房錢 (황두래박이방전)
누전 세금 독촉이 성화같이 급하구나. | 漏田督稅如星火 (누전독세여성화)
삼월 중순 세곡선이 서울로 떠난다며. | 三月中旬道發船 (삼월중순도발선)

◉ 1801년 2월, 다산은 경북 장기현으로 유배를 갔다 서울로 압송되고, 다시 11월 강진현으로 유배지를 옮긴다. 17년 동안의 강진 유배가 시작된 것이다. 서울을 떠나 나주 율정점에서 셋째 형님 정약전과 헤어지고 영암과 강진의 경계였던 누릿재를 넘는다. 누릿재를 넘어 월남리에서 보는 월출산은 다산의 고향 양주에 있는 도봉산과 닮아 고향 생각을 더욱 간절하게 한다. 그래서 다산은 월출산을 보지 말자고 스스로 다짐하는 것이다. 7수에서는 아전의 횡포와 탐학을 증언한다. 새로 짠 눈같이 고운 무명을 빼앗는 하급 관리, 토지 대장에서 누락되어 세금을 매기지 못하는 땅에서조차 세금을 독촉하는 모습 등 아전들의 횡포가 어떠했는지 생생하게 묘사한다.

슬프구나, 양기를 자르다니

애절양
哀絶陽

정약용

갈밭 마을 젊은 여인 울음도 서러워라.	蘆田少婦哭聲長 노 전 소 부 곡 성 장
관청에 가 울부짖다 하늘에 하소연하네.	哭向縣門號穹蒼 곡 향 현 문 호 궁 창
군인 나간 남편은 못 돌아올 수 있으나	夫征不復尙可有 부 정 불 복 상 가 유
예로부터 남절양은 들어 보지 못했네.	自古未聞男絶陽 자 고 미 문 남 절 양
시아버지 돌아가시고 갓난아인 배냇물도 안 말랐는데	舅喪已縞兒未澡 구 상 이 호 아 미 조
삼대의 이름이 군적에 실렸구려.	三代名簽在軍保 삼 대 명 첨 재 군 보
호소하려 해도 범 같은 문지기가 막고	薄言往愬虎守閽 박 언 왕 소 호 수 혼
이정이 소리치며 외양간 소를 끌고 갔네.	里正咆哮牛去皁 이 정 포 효 우 거 조
남편 칼을 갈아 방 안으로 들어가니 자리에 피 가득하고,	磨刀入房血滿席 마 도 입 방 혈 만 석
스스로 한탄하네, 아이 낳은 재앙이구나.	自恨生兒遭窘厄 자 한 생 아 조 군 액
잠실에서의 음형이 어찌 허물이 있어서리오?	蠶室淫刑豈有辜 잠 실 음 형 기 유 고
민나라 사내아이 거세함도 가엾은 일이거늘.	閩囝去勢良亦慽 민 건 거 세 양 역 척
자식 낳고 사는 건 하늘이 내린 이치,	生生之理天所予 생 생 지 리 천 소 녀
하늘과 땅의 도리로 남자 되고 여자 되네.	乾道成男坤道女 건 도 성 남 곤 도 녀
말이나 돼지 거세함도 슬프다 말하는데	騸馬豶豕猶云悲 선 마 분 시 유 운 비
하물며 뒤를 잇는 사람에게 있어서랴?	況乃生民思繼序 황 내 생 민 사 계 서

양반들은 평생 풍악을 울리면서
쌀 한 톨, 베 한 치 바치지 않는구나.
모두 같은 백성인데 어찌 이리 불공평한가?
객지 방에서 거듭 시구편을 읊는다.

豪家終歲奏管弦
호 가 종 세 주 관 현
粒米寸帛無所捐
입 미 촌 백 무 소 연
均吾赤子何厚薄
균 오 적 자 하 후 박
客窓重誦鳲鳩篇
객 창 중 송 시 구 편

남절양 남자의 생식기를 자름.
배냇물 갓난아이의 몸에 묻어 있는 태내의 분비물.
군적 군인의 소속과 신원을 적어 놓은 명부.
이정 조선 시대에, 지방 행정 조직의 최말단인 이(里)의 책임자.
잠실에서의 음형 잠실은 누에 치는 방인데, 여기서 궁형을 행함. 궁형을 행하는 방은 누에 치는 방처럼 덥게 하였다. 음형(淫刑)은 궁형, 즉 남자의 생식기를 자르는 형벌을 말한다.
민나라 사내아이 거세함 민나라에서 사내아이를 낳으면 거세하여 이웃의 강대국들에게 내시로 바쳤던 일을 말한다.
시구편 《시경》에 수록된 시의 편명. 통치자가 백성을 골고루 사랑해야 한다는 것을 뻐꾸기에 비유해서 읊고 있다.

◉ 다산은 이 시를 지은 동기를 《목민심서》에서 이렇게 적어 놓았다. "이 시는 계해년 가을, 내가 강진에서 지은 것이다. 그때 갈밭에 사는 백성이 아이를 낳은 지 3일 만에 군보에 올라 있어 마을의 책임자가 군포 대신 소를 빼앗아 가자 남편은 칼을 뽑아 자신의 남근을 자르면서, '내가 이 물건 때문에 이런 재앙을 겪는구나.' 하였다. 그 아내는 피가 뚝뚝 떨어지는 남근을 가지고 관가에 가서 울면서 호소하였으나 문지기가 막았다. 내가 이를 듣고 이 시를 지었다." 이 시는 조선 말 핍박받는 백성들의 삶에 대한 처절한 기록이다.

1 〈농가의 사철〉에서, 계절감을 드러내는 시어 또는 시구를 찾아보자.

계절	시어 또는 시구
봄	
여름	
가을	
겨울	

2 〈향촌에서 자며〉에서, 다음에 해당하는 시어를 두 개 찾아보자.

감정 이입(感情移入, empathy)
자연의 풍경이나 예술 작품 따위에 자신의 감정이나 정신을 불어넣거나, 대상으로부터 느낌을 직접 받아들여 대상과 자기가 서로 통한다고 느끼는 일을 이르는 용어이다.

3 〈구름〉과 다음 시를 읽고, 두 시에 나타난 '구름'의 의미를 말해 보자.

봉황대 위에 봉황이 노닐었다더니
봉황 날아간 텅 빈 누대에 강물만 흐르네.
오나라 궁궐의 화초는 오솔길을 덮고
진나라 의관은 옛 언덕(무덤)을 이루었네.
세 봉우리는 청천 밖으로 반쯤 떨어지고
두 갈래 강은 백로주를 가운데로 나뉘었네.
모든 것은 뜬구름이 되어 해를 가려
장안은 보이지 않고 사람을 시름케 하네.

– 이백, 〈등금릉봉황대(登金陵鳳凰臺)〉

4 다음 작품들을 읽고, 〈참새야〉의 두 번째 수와 표현 방법의 공통점을 찾아보자.

(가)

사각사각 가는 모래 벼랑에
구운 밤 닷 되를 심습니다.
그 밤이 움이 돋아 싹이 나야만
유덕(有德)하신 임을 여의겠습니다.

– 고려 가요 〈정석가〉에서

(나)
오리 짧은 다리 학의 다리 되도록애,
검은 까마귀 해오라기 되도록애,
향복 무강하셔 억만세를 누리소서.

– 김구(1488~1533)의 시조

5 〈유민의 한탄〉에서, 백성들을 대하는 '나'와 '저들(관리)'의 태도를 말해 보자.

6 이달의 시 〈동산역에서〉와 〈이삭 줍는 노래〉에 그려진 상황을 말해 보자.

7 〈겨울옷 부치니〉를 읽고, 다음 물음에 답해 보자.

1) 첫 수에 나타난 상황을 이야기로 서술해 보자.

2) 〈무명〉에 나타난 상황과 공통적인 내용을 말해 보자.

8 〈홀로 잠을 잔다네〉, 〈얼음 뜨는 사람〉과 다음 두 시는 어떤 내용적인 공통점이 있는지 말해 보자.

강가를 오가는 사람들
그저 농어 맛만 즐길 뿐.
그대가 본 한 조각 배
풍파 속에서 나왔다 들어갔다 한다네.

– 범중엄, 〈강상어자(江上漁者)〉

기와 굽느라 문 앞의 흙을 다 썼는데
지붕 위에는 기와 조각 없네.
열 손가락에 진흙 한 점 묻히지 않고도
번들번들한 기와집에서 사네.

– 매요신, 〈도자(陶者)〉

9 〈병졸의 아내〉에서, 독자들에게 전쟁의 비극적 상황을 전달하는 시인(화자)의 태도를 설명해 보자.

10 **다음은 〈4월 15일〉에 대한 해설의 일부이다. 밑금 그은 부분의 표현 방법을 설명해 보자.**

늙은 아전을 통해 작자는 지금의 곡소리 사연을 독자들에게 전달한다. 아버지가 아들을 곡하고, 할아버지가 손자를 곡하며, 어머니는 딸을 곡하고, 아내가 남편을 곡한다는 아전의 입을 통해 전해지는 그때의 상황은 독자들에게 비분강개를 느끼게 한다. 마지막으로 아전이 덧붙이는 말은, '곡소리조차도 없는 슬픔이 더 커다란 아픔'이라는 사실을 보여 준다.

11 **〈나무하는 계집종〉과 다음 시를 함께 읽고, 두 시에 나타나는 여자아이의 공통적인 모습을 말해 보자.**

차디찬 아침인데
묘향산행 승합자동차는 텅 하니 비어서
나이 어린 계집아이 하나가 오른다
옛말속같이 진진초록 새 저고리를 입고
손잔등이 밭고랑처럼 몹시도 터졌다
계집아이는 자성으로 간다고 하는데
자성은 예서 삼백오십 리 묘향산 백오십 리
묘향산 어디메서 삼촌이 산다고 한다
쌔하얗게 얼은 자동차 유리창 밖에
내지인 주재소장 같은 어른과 어린아이 둘이 내임을 낸다
계집아이는 운다 느끼며 운다

텅 비인 차 안 한구석에서 어느 한 사람도 눈을 씻는다
계집아이는 몇 해고 내지인 주재소장 집에서
밥을 짓고 걸레를 치고 아이보개를 하면서
이렇게 추운 아침에도 손이 꽁꽁 얼어서
찬물에 걸레를 쳤을 것이다

– 백석, 〈팔원 – 서행시초 3〉

* 팔원 : 지명. 영변군 팔원면.
* 서행시초 : 관서, 즉 평안도와 황해도 북부 지역을 기행하고 쓴 시.
* 진진초록 : 매우 진한 초록빛깔.
* 내임을 내다 : 배웅하다.

12 **〈석이버섯〉의 마지막 구에 대한 답을 말해 보자.**

13 **정약용의 시 세 편에 나타난 작자의 태도를 말해 보자.**

8장

가을밤 비 내릴 때

이 장에는 '삶의 쓸쓸함'을 보여 주는 작품을 담았습니다.
일찍이 아리스토텔레스는 인간을 사회적 동물이라고 하였습니다.
그러나 한편으로 우리는 혼자일 수밖에 없다는 사실도 알고 있습니다.
작품들에 나타난 삶의 모습을 자신의 생각과 견주면서 읽어 봅시다.

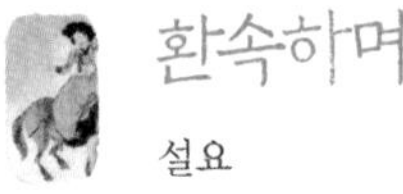

환속하며

설요

반속요
返俗謠

욕심 없는 마음으로 진리를 생각하나
골짜기 쓸쓸하고 사람은 보이지 않네.
아름답고 고운 풀에 향기를 생각하나
앞으로 어찌하려나, 이내 젊은 날을.

化雲心兮思淑眞
화 운 심 혜 사 숙 진
洞寂滅兮不見人
동 적 멸 혜 불 견 인
瑤草芳兮思芬蒀
요 초 방 혜 사 분 온
將奈何兮青春
장 내 하 혜 청 춘

◉ 이 노래는 '관도곽공희설씨묘지명'에 들어 있다. 묘지명을 통해 보면, 660년쯤 태어난 설요는 열다섯 살쯤(675년) 아버지의 죽음을 보고 출가하여 수도 생활을 했다. 그러다 스무 살 무렵(680년) 이 노래를 짓고 환속했다고 한다. 제목에서 '반속(返俗)'이란 출가했다가 다시 세속으로 돌아온다는 뜻이다. 꽃다운 열다섯 살 처녀가 아버지의 죽음 앞에 속세의 삶에 환멸을 느끼고 진리를 구하기 위해 머리를 깎았다. 그러나 번뇌의 얽매임에서 끝내 벗어나지 못했다. 그것은 청춘의 뜨거운 피 때문이다. 삶을 괴로움의 바다라 하지만, 그 물에서 살아가는 것이 평범한 우리네 속인이다.

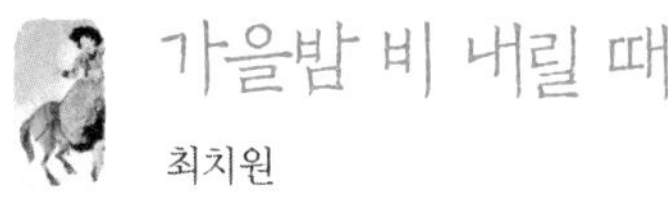

가을밤 비 내릴 때

최치원

추야우중
秋夜雨中

가을바람에 괴로이 읊나니
세상에 나를 아는 사람이 적구나.
창밖에 밤비 내리는데
등불 앞에 마음 만 리를 달리네.

秋風唯苦吟
추 풍 유 고 음
世路少知音
세 로 소 지 음
窓外三更雨
창 외 삼 경 우
燈前萬里心
등 전 만 리 심

◉ 최치원은 신라 사람으로 6두품 출신이었다. 열두 살에 당나라에 건너가 열여덟에 과거에 급제하고 스물여덟에 귀국하였다. 오랫동안 이 시는 당나라에서 고국인 신라를 그리워하는 의미로 해석했으나, 그가 신라에 귀국한 다음 해 정강왕에게 올린 《계원필경》에 실려 있지 않은 것으로 보아, 귀국 후 쓴 것으로 보인다. 신라에 돌아왔으나 나라가 혼란스러워 때를 만나지 못한 것을 스스로 가슴 아파하던 모습이 잘 나타나 있다. '만 리'는 공간적 거리라기보다는 세상과 어그러져 방황하던 시인의 정서적 거리를 드러낸 것이라고 볼 수 있다.

부벽루에 올라

이색

부벽루
浮碧樓

어제 영명사를 지나다가	昨過永明寺 작 과 영 명 사
잠시 부벽루에 올랐다.	暫登浮碧樓 잠 등 부 벽 루
텅 빈 성에 조각달이 떠 있고	城空月一片 성 공 월 일 편
오래된 조천석 위엔 천 년의 구름.	石老雲千秋 석 로 운 천 추
인마는 떠나서 돌아오지 않고	麟馬去不返 인 마 거 불 반
천손은 어디에서 노니는가?	天孫何處遊 천 손 하 처 유
길게 읊조리며 바람 부는 비탈에 서니	長嘯倚風磴 장 소 의 풍 등
산은 푸르고 강물은 끊임없이 흐른다.	山青江自流 산 청 강 자 류

조천석(朝天石) 동명성왕이 이 돌 위에 올라 지상의 일을 하늘에 아뢰었다 한다.
인마 고구려 동명성왕이 타고 하늘로 올라갔다고 전해지는 상상의 말.
천손 고구려 동명성왕.

◉ 영명사는 평양 금수산에 있는 절이고, 부벽루는 평양 모란대 밑 청류벽에 있는 누각이다. 화자는 부벽루에 올라 고구려 시조 동명성왕을 떠올린다. 지난날 고구려의 화려함이 사라진 텅 빈 성과 천 년을 지나도록 유유히 흐르는 구름이 대조를 이룬다. 동명성왕은 하늘로 올라가고 없지만, 산과 물은 지난날과 그대로이다. 변함없는 자연 앞에서 인간사의 덧없음을 느끼는 화자의 쓸쓸한 마음이 잘 나타나 있다.

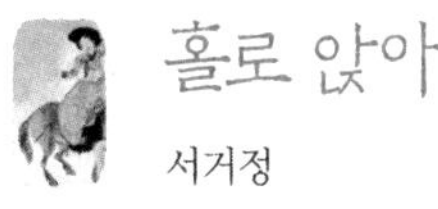

홀로 앉아

서거정

독좌
獨坐

찾는 사람 없어 홀로 앉아 있으니	獨坐無來客 독 좌 무 래 객
빈 뜰은 비가 내릴 듯 어둑하다.	空庭雨氣昏 공 정 우 기 혼
고기가 흔들어 연잎이 움직이고	魚搖荷葉動 어 요 하 엽 동
까치가 밟아 나뭇가지 흔들린다.	鵲踏樹梢翻 작 답 수 초 번
거문고는 젖어도 줄에 아직 소리 있고	琴潤絃猶響 금 윤 현 유 향
화로는 차가워도 불기는 남아 있다.	爐寒火尙存 노 한 화 상 존
진흙 길이 출입을 가로막으니	泥途妨出入 이 도 방 출 입
오늘 하루는 문을 닫아 둔다.	終日可關門 종 일 가 관 문

◉ 서거정은 조선 초기 대표적인 학자의 한 사람이다. 이 시에서 화자는 찾는 사람도 없이 혼자 앉아 있다. 화자는 고기가 흔드는 연잎을 보고, 까치가 밟아 흔들리는 나뭇가지의 작은 움직임까지 관찰하고 있다. 그러면서 거문고 줄이 젖었지만 소리가 남아 있고, 화로는 꺼진 듯하지만 불기운이 남아 있다고 말한다. 오늘은 비록 진흙 길이 나고 들어옴을 가로막고 있지만 언젠가는 다시 찾아올 사람이 있을 것이라는 자신의 존재감에 대한 확인이다.

눈

김시습

도중
途中

맥국에 첫눈이 날리는데
춘성에 나뭇잎이 성기다.
가을이 깊어 시골에는 술이 있고
오랜 나그네라 밥상에 고기가 없다.
산이 멀어 하늘은 들에 드리웠고
강이 멀어 땅은 하늘에 잇닿았다.
외로운 기러기는 지는 해 너머로,
나그네 말은 정녕 머뭇거린다.

貊國初飛雪
맥 국 초 비 설
春城木葉疎
춘 성 목 엽 소
秋深村有酒
추 심 촌 유 주
客久食無魚
객 구 식 무 어
山遠天垂野
산 원 천 수 야
江遙地接虛
강 요 지 접 허
孤鴻落日外
고 홍 낙 일 외
征馬政躊躇
정 마 정 주 저

맥국, 춘성 강원도 춘천.

◉ 김시습은 5세 신동이라 할 만큼 재주가 뛰어났지만, 1455년 세조의 왕위 찬탈을 보고는 올바른 도리를 행할 수 없으면 홀로 몸을 지키는 것이 옳다고 생각하고는 방랑으로 일생을 마쳤다. 1479년 성종의 계비 윤 씨가 폐위되자, 환속했던 김시습은 관동 지방으로 방랑의 길을 나섰다. 이 시는 이때 지어졌다. 깊은 가을, 첫눈이 내린다. 오랜 나그네 생활에 산과 강은 더욱 멀어 보이고 화자는 더욱 쓸쓸하다. 가을을 알리는 기러기는 지는 해 너머로 날아온다. 어디로 가야 하나? 화자는 갈 길을 잃고 머뭇거린다. 첫눈이 내리는 늦가을, 기러기의 구슬픈 울음소리는 가을의 풍광과 어울려 화자의 처량한 정서를 북돋운다.

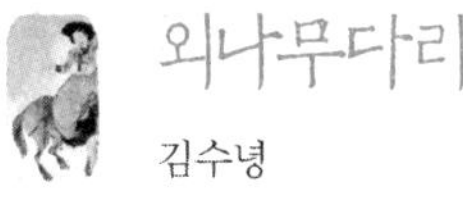

외나무다리

김수령

차삼척죽서루와수목교
次三陟竹西樓臥水木橋

늙은 나무를 베어 앞 여울에 다리 놓고
조심스레 건너다가 얼마나 놀랐던가?
사람들은 평지풍파를 알지 못하고
이 다리에 이르러 오히려 두렵다 하네.

槎牙古木截前灘
사 아 고 목 절 전 탄
步步寒心幾駭瀾
보 보 한 심 기 해 란
平地風波人不識
평 지 풍 파 인 불 식
到橋猶作畏途看
도 교 유 작 외 도 간

◉ 외나무다리를 건넌 경험을 통해, 화자는 삶을 성찰한다. 세상 사람들은 외나무다리를 건너기가 어렵다고들 하면서, 정작 세상살이에 놓여 있는 어려움은 알지 못한다. 사람들은 얼핏 눈에 보이는 어려움을 두렵다고만 여긴다. 시에 나오는 '평지풍파(平地風波)'란 편편한 땅에서 일어나는 세찬 바람이나 험한 물결이란 뜻으로, 흔히 세상살이의 어려움을 이르는 말이다. 세상살이는 외나무다리를 건너듯 늘 두려워하고 조심하라는 의미가 담겨 있다.

옛 마을에 돌아와

환향
還鄕

청허 휴정

삼십 년 만에 고향에 돌아오니	三十年來返故鄕 삼 십 년 래 반 고 향
사람은 없고 집은 쓰러지고 마을은 황폐하다.	人亡宅廢又村荒 인 망 택 폐 우 촌 황
푸른 산은 말이 없고 봄날은 저무는데	靑山不語春天暮 청 산 불 어 춘 천 모
소쩍새 울음소리 아득히 들려온다.	杜宇一聲來杳茫 두 우 일 성 내 묘 망
계집아이들이 종이창 틈으로 엿보고	一行兒女窺窓紙 일 행 아 녀 규 창 지
이웃 노인이 내 이름을 묻는다.	鶴髮鄰翁問姓名 학 발 인 옹 문 성 명
어릴 때 이름 말하고 서로 눈물 흘리는데	乳號方通相泣下 유 호 방 통 상 읍 하
하늘은 바다와 같고 달은 어느덧 삼경이다.	碧天如海月三更 벽 천 여 해 월 삼 경

◉ 휴정은 이 시를 지은 동기를 다음과 같이 붙여 놓았다. "내가 어려서 고아가 되어 열 살에 집을 떠나 서른다섯 살에 고향에 돌아왔다. 옛날의 이웃집이 텅 비어 밭이 되고 뽕나무와 보리만 푸르게 봄바람에 흔들렸다. 서글픔을 이기지 못하고 쓰러진 집 벽에 시를 쓰고 하룻밤을 자고 다시 산으로 돌아왔다." 삼십 년 만에 돌아온 마을은 황폐하다. 소쩍새 울음소리는 화자의 울적한 심사를 더한다. 낯모르는 계집아이들은 머리 깎은 스님이 마냥 신기할 터이고, 이웃집 늙은이가 화자의 이름을 듣고는 그제야 알아본다. 속세와 인연을 끊은 스님이지만, 고향에 대한 마음까지 없앨 수는 없던가 보다.

화석정

이이

화석정
花石亭

숲 속 정자에 가을이 깊으니	林亭秋已晚 임 정 추 이 만
시인의 생각 끝이 없구나.	騷客意無窮 소 객 의 무 궁
먼 강물은 푸른 하늘에 잇닿았고	遠水連天碧 원 수 연 천 벽
시든 단풍은 붉은 해를 마주했네.	霜楓向日紅 상 풍 향 일 홍
산은 외로운 달을 토하고	山吐孤輪月 산 토 고 윤 월
강은 만 리 바람을 머금었네.	江含萬里風 강 함 만 리 풍
북쪽의 기러기는 어디로 가는지	塞鴻何處去 새 홍 하 처 거
저녁 구름 속으로 울면서 사라지네.	聲斷暮雲中 성 단 모 운 중

◉ 화석정은 경기도 파주시 파평면 율곡리에 위치한 누각이다. 이곳은 율곡 집안이 대대로 살아온 곳이고, 강릉 외가에서 태어난 율곡이 만년을 보낸 곳이기도 하다. 이 시는 율곡이 여덟 살 때 지었다고 한다. 늦은 가을, 숲 속의 정자에 오른 화자는 생각(시심)이 끝이 없다. 강물과 단풍, 푸른 하늘과 붉은 해, 산과 강, 달과 바람은 꽉 짜인 대구 형식을 보여 준다. 율곡의 학통을 계승한 제자 김장생이 스승 율곡의 행장 안에 이 시를 싣고는, "격조를 온전히 갖추어 시에 능숙한 사람이라도 따를 수 없었다."라고 격찬한 것도 이 때문이다. 여덟 살의 아이가 썼다고 믿기 어려울 정도로 늦은 가을의 정취를 잘 표현하고 있다. 율곡은 마흔아홉의 짧은 나이로 삶을 마감했지만, 《동호문답》, 《성학집요》 등을 통해 정치·경제·국방 등 현실 문제에서 구체적인 개혁안을 제시한 정치가였다.

봄날

송한필

우음
偶吟

어제 비에는 꽃이 피더니
오늘 아침 바람에 꽃이 진다.
가엾구나, 봄날의 일이여!
비바람 가운데 오고 가는구나.

花開昨日雨
화개작일우
花落今朝風
화락금조풍
可憐一春事
가련일춘사
往來風雨中
왕래풍우중

◉ 어제 비에는 아름다운 꽃이 피더니, 오늘 아침에 부는 바람에는 안타깝게도 꽃이 진다. 하룻밤을 사이한 봄날의 일은 이렇게도 변화가 심하다. 그것을 보고 화자는 가엾다고 한다. 불교에서는 재물, 이성, 음식, 이름, 잠 등 다섯 가지 하고픔에 대해서 경계하고, 유교에서는 기쁨(喜)·노여움(怒)·슬픔(哀)·즐거움(樂)·사랑(愛)·미움(惡)·하고픔(欲) 등 일곱 가지 감정을 조화시켜야 한다고 경계한다. '인간 만사 새옹지마(塞翁之馬)'라는 말도 있다. 인간의 길흉화복은 돌고 돈다는 뜻으로, 인생의 덧없음을 이르는 말이다. 봄날의 변화에서 느끼는 화자의 심정이다.

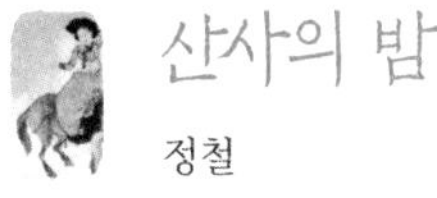

산사의 밤

정철

산사야음
山寺夜吟

쓸쓸히 나뭇잎 지는 소리를	蕭蕭落木聲 소소낙목성
성긴 빗소리로 잘못 알았네.	錯認爲疏雨 착인위소우
스님 불러 밖을 보라 하였더니	呼僧出門看 호승출문간
시내 남쪽 나무에 달이 걸렸다네.	月掛溪南樹 월괘계남수

◉ 계절은 가을, 공간은 산에 있는 절이다. 화자는 쓸쓸히 나뭇잎이 떨어지는 소리를 성기게 내리는 빗소리로 잘못 알았다고 말한다. 3구와 4구에서 화자는 그것을 스님을 빌려 뜻밖의 말로 독자들에게 전달한다. 밖을 나가 보고 온 스님이, "시내 남쪽 나뭇가지에 달이 걸려 있습니다."라고 대답한다. 이 시는 송나라 구양수가 지은 〈추성부(秋聲賦)〉의 표현 방법을 따온 것이다. "내가 동자에게 물었다. '이것이 무슨 소리냐? 네가 나가 살펴보아라.' 동자가 말했다. '달과 별이 환히 빛나고, 은하수는 하늘에 걸렸습니다. 사방에 사람 소리도 없고, 소리는 나무 사이에서 납니다.'" 구양수가 쓸쓸한 가을 소리에서 슬픔을 말한 것처럼, 이 시에도 가을 산사에서 느끼는 쓸쓸함이 나타나 있다.

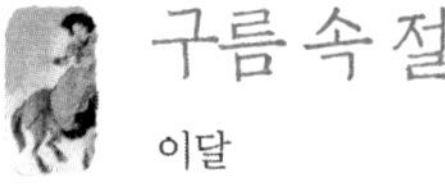

구름 속 절

이달

불일암증인운석
佛日庵贈因雲釋

절이 흰 구름 속에 있는데
스님은 구름을 쓸지 않는다.
속인이 와 그제사 문을 여니
온 골짜기 솔꽃 벌써 쇠했다.

寺在白雲中
사 재 백 운 중
白雲僧不掃
백 운 승 불 소
客來門始開
객 래 문 시 개
萬壑松花老
만 학 송 화 로

◉ 이 시의 주인공은 불일암 인운 스님이다. 스님은 구름 속 깊은 절에 있다. 스님은 구름을 쓸지 않는다. 그것은 오고 감, 있고 없음을 초월한 절대 적정(寂靜, 마음에 번뇌가 없고 몸에 괴로움이 사라진 해탈·열반의 경지)의 공간이기 때문이다. 시간의 흐름조차 멈추어 있다. 비로소 속세 사람(화자)이 와서야 스님은 긴 침묵을 깨고 절 문을 열었다. 온 골짜기의 소나무 꽃이 진 것을 보고서야 스님은 시간의 흐름을 느낀다. 일찍이 의상이 〈화엄일승법계도〉에서, "이름도 없고 형상도 없어 일체를 여의었으니, 깨달음의 지혜로만 알 뿐 다른 경계 아니로다."라고 말한 경지이다.

한식

이산해

한식
寒食

산골이라 정히 풀꽃이 향기로운 시절	天涯時節政芳菲 천 애 시 절 정 방 비
봄 들판 거닐다가 천천히 돌아온다.	踏盡春郊緩緩歸 답 진 춘 교 완 완 귀
저물녘 두어 집 연기는 쓸쓸하고	日暮數村煙火冷 일 모 수 촌 연 화 냉
살구꽃 핀 한식에 비가 부슬부슬 내린다.	杏花寒食雨霏霏 행 화 한 식 우 비 비

◉ 한식은 양력으로 4월 5~6일쯤이다. 이날은 하늘이 맑아진다는 청명(淸明)과 겹친다. 그래서 사람들은 새봄을 기뻐하여 술과 음식을 장만해 경치가 좋은 산이나 계곡을 찾아가 꽃놀이를 하고, 풀을 밟아 봄을 즐긴다. 저물녘 돌아오는 화자의 눈에 비친 두어 집 연기는 쓸쓸하다. 그것은 한식날 비가 내리는 것이 화자를 그렇게 만든 듯하다. 민간에서 청명이 되면 봄갈이를 시작한다. 사람들은 청명이나 한식에 날씨가 좋으면 그해 농사가 잘 되고 좋지 않으면 농사가 잘 되지 않는다고 생각했다. 새봄을 맞아 기뻐하면서도 농민의 고단한 삶에 대해 걱정하는 화자의 마음을 엿볼 수 있다.

문수사

최립

차운문수승권
次韻文殊僧卷

가 본 지 십 년이라 흐릿한 문수사 길,
꿈속에서 성 북서쪽을 찾아가네.
대지팡이 짚고 서면 골마다 떠가는 구름,
문을 열고 보면 봉우리마다 떴다 지는 달.
풍경 소리 아련한 새벽 바위틈에 샘물 소리,
등잔 심지 돋우는 저녁 솔바람에 사슴 울음.
이런 정경 언제 다시 스님과 얻어 보나?
칠월이라 관아 길을 질퍽이며 걸어가네.

文殊路已十年迷
문 수 로 이 십 년 미
有夢猶尋北郭西
유 몽 유 심 북 곽 서
萬壑倚筇雲遠近
만 학 의 공 운 원 근
千峯開戶月高低
천 봉 개 호 월 고 저
磬殘石竇晨泉滴
경 잔 석 두 신 천 적
燈剪松風夜鹿啼
등 전 송 풍 야 녹 제
此況共僧那再得
차 황 공 승 나 재 득
官街七月困泥蹄
관 가 칠 월 곤 니 제

◉ 문수사는 북한산 문수봉(文殊峰) 아래 있는 절로 전망이 뛰어나다. 이 절의 스님이 시를 엮어 최립에게 평을 부탁하자, 최립이 이 시를 지어 주었다. 최립은 가 본 지 십 년이 넘은 흐릿한 기억 속의 문수사를 꿈속에서 찾아간다. 시인은 함련과 경련을 통해 시각적·청각적으로 그곳을 그려 준다. 절 앞으로 골짜기에는 구름이 떠가고, 봉우리 위로는 달이 뜨고 진다. 또 풍경 소리 맑은 새벽에는 바위틈에서 떨어지는 샘물 소리가 들리고, 등잔불 밝히는 저녁에는 솔바람을 타고 사슴 울음소리가 들려온다. 그만큼 문수사의 풍경이 아름답다는 것이리라. 그러나 지금 시인은 그곳을 꿈속에서나 그려 볼 뿐이다. 칠월 장마로 질퍽이는 진흙길을 밟고 가는 관아 길은 화자의 고단한 벼슬살이를 보여 주며 문수사의 풍경과 대조를 이루고 있다.

초승달

정온

견신월
見新月

어디서 와서
어디로 가는가?
어여뻐라, 눈썹같이 가는데
하늘과 땅을 두루 비춘다.

來從何處來
내 종 하 처 래
落向何處落
낙 향 하 처 락
姸姸細如眉
연 연 세 여 미
遍照天地廓
편 조 천 지 곽

◉ 초승(初生)이란 '음력으로 그달 초하루부터 처음 며칠 동안'을 일컫는 말이다. 이 초승에 볼 수 있는 달이 초승달이다. 초승달은 아침에 뜨지만 햇빛이 밝은 낮에는 볼 수 없고, 해 질 무렵인 저녁에 서쪽 하늘에 낮게 뜨는 것을 볼 수 있다. 초승달은 저녁에 잠깐 보이다가 이내 사라지고 만다. 초승달은 그 모양 때문에 '눈썹달'이라 부르기도 한다.

한해

정온

조모음
朝暮吟

아침이 저녁 되고, 저녁은 밤이 된다.
밤이 다하고 날이 밝으면 또 아침.
아침과 저녁이 쌓여 한 달이 되고
달은 물처럼 흘러 한 해가 시든다.

朝而爲暮暮而宵
조 이 위 모 모 이 소
宵盡明生又一朝
소 진 명 생 우 일 조
朝暮積來仍作月
조 모 적 래 잉 작 월
月流如水歲還凋
월 류 여 수 세 환 조

◉ 시간이 흘러 아침은 저녁이 되고 저녁은 또 아침이 된다. 이 하루가 쌓이고 쌓여 한 달, 한 달이 쌓여 한 해가 된다. 누구도 이런 시간의 흐름을 바꾸지 못한다. 화자는 이렇게 해서 한 해가 '시든다(凋)'라고 했다. 왜 한 해가 '간다'라고 하지 않고 '시든다'고 했을까? 정온은 병자호란 때 화의를 극렬하게 반대하고 척화를 주장하다가 인조가 항복하자 벼슬을 버리고 덕유산 자락에 숨어 살면서 자신의 거처를 '모리(某里)'라 하였다. 정온은 〈모리구소기(某里鳩巢記)〉라는 글을 지어 그 까닭을 밝혔는데, "내 이름과 자취를 감추어 세상 사람들이 내가 어떤 사람인지, 어느 마을에 사는지 알지 못하게 하련다." 하였다. 이 시가 언제 지어졌는지는 알지 못하나, 세상과 결별한 모리에서의 쓸쓸함이 짙게 배어 있다.

밤에

김상헌

야좌
夜坐

큰 나무 서늘한 바람에 흔들리고	高樹凉風動 고 수 양 풍 동
높은 둥지 까치 찬 이슬 젖는다.	危巢露鵲寒 위 소 노 작 한
달빛은 창틈으로 비쳐 부서지고	月華穿戶碎 월 화 천 호 쇄
산기운은 마음에 슬며시 들어온다.	山氣入懷寬 산 기 입 회 관
평생의 뜻은 쓸쓸하고	落落生平志 낙 락 생 평 지
여읜 얼굴들 흐릿하다.	依依死別顏 의 의 사 별 안
온갖 시름에 잠긴 이 몸	一身兼百慮 일 신 겸 백 려
홀로 앉아 새벽이 되었다.	孤坐到宵殘 고 좌 도 소 잔

◉ 1636년 병자호란이 일어나자 김상헌은 청나라와의 화의를 반대하고 주전론을 주장하다가 인조가 항복하자 안동으로 은퇴하였다. 다시 1639년, 청나라가 명나라를 공격하기 위해 조선에 군사를 요청하자 반대 상소를 올렸다가 1640년 청나라에 잡혀가서 1645년에 풀려났다. 화자는 온갖 시름에 잠겨 새벽이 되도록 잠을 이루지 못한다. 달빛이 방으로 비쳐 들고, 산의 차가운 바람이 마음을 파고든다. 지나온 삶을 돌아보니 쓸쓸하고, 죽어서 헤어진 사람들의 얼굴도 흐릿하게 떠오른다. 자신을 돌아보니 바람에 흔들리는 나무처럼, 찬 이슬에 젖은 새처럼 힘겹고 쓸쓸하다.

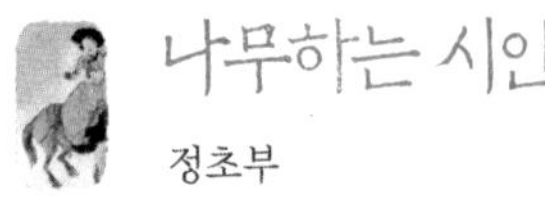

나무하는 시인

정초부

무제
無題

새벽 동대문 제2교를 걸으니
어깨에 가득한 가을빛 쓸쓸하여라.
동호의 봄물은 전과 같이 푸른데
누가 나무하는 늙은 시인을 알겠는가?

曉踏青門第二橋
효답청문제이교
滿肩秋色動蕭蕭
만견추색동소소
東湖春水依然碧
동호춘수의연벽
誰識詩人鄭老樵
수식시인정노초

◉ 정초부는 18세기 때 노비 시인이다. 초부라는 이름도 실제 이름이 아니라 나무꾼이라는 뜻이다. 신분 사회에서 노비가 글을 알고 시를 짓는다는 것은 충분한 가십거리다. 2구의 '어깨'란 곧 어깨에 진 지게를 뜻한다. 나무를 지고 동대문 앞 다리를 건넌다. 그러나 그 누가 알랴? 그가 바로 천재 시인인 것을. 그의 주인 여춘영은 정초부를 두고, "어려서는 내 스승이었고, 자라서는 내 벗이었네."라고 그를 기렸다. 그의 고단한 삶은 그의 다음 시 구절에서 또렷하게 드러난다.

한밤 다락 오른 건 달구경하려 함이 아니고
세 끼 밥 굶은 것은 신선 되려 함이 아니네.

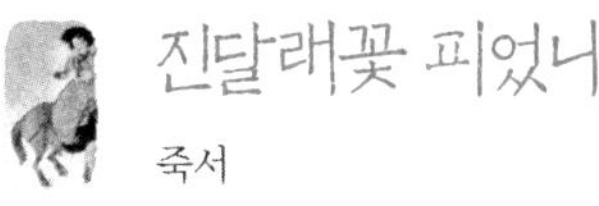

진달래꽃 피었니

죽서

십세작
十歲作

창밖에서 우는 저 새야.	窓外彼啼鳥 창 외 피 제 조
어느 산에서 자고 왔니?	何山宿便來 하 산 숙 변 래
너는 아마 산중 일을 알겠거니	應識山中事 응 식 산 중 사
진달래꽃이 피었던 안 피었던?	杜鵑開未開 두 견 개 미 개

◉ 죽서는 박종언의 서녀로 서기보(徐箕輔)의 소실이었다. 아버지에게 글을 배웠는데, 어려서부터 시에 뛰어난 재질을 보였다. 미모가 뛰어나고 침선에도 능하였지만 병약하여 30세 전후에 죽은 것으로 전한다. 이 시는 죽서가 열 살 때 지은 것이라고 한다. 이른 봄날, 화자는 아침 일찍 날아온 산새에게 산중의 일이 궁금해 묻는다. 산중에는 진달래꽃이 피었을까? 맑은 동심 가운데 봄날의 쓸쓸함이 묻어 있다.

시무나무 아래

김병연

무제시
無題詩

시무나무 아래 서러운 나그네
망할 놈의 마을에선 쉰밥을 준다.
세상에 어찌 이런 일이 있는가?
집에 돌아가 설은 밥 먹어야지.

二十樹下三十客
이 십 수 하 삼 십 객
四十村中五十食
사 십 촌 중 오 십 식
人間豈有七十事
인 간 기 유 칠 십 사
不如歸家三十食
불 여 귀 가 삼 십 식

◉ 김병연은 김삿갓으로 더 잘 알려져 있다. 그는 조부 김익순이 홍경래의 난 때 선천 부사로 있다가 항복한 것을 두고 비난하는 시로 장원 급제한 것을 수치로 여겨, 일생을 삿갓으로 얼굴을 가리고 단장을 벗 삼아 각지로 방랑했다. 김병연이 떠돌다가 어느 마을에 가서 먹을 것을 청했는데 집주인이 쉰밥을 주자 이 시를 지었다고 한다. 원문의 이십수(二十樹)는 시무나무(←스무←스물), 삼십객(三十客)은 서러운(←서른) 나그네, 사십촌(四十村)은 망할(←마흔) 마을, 오십식(五十食)은 쉰밥(←쉰), 칠십사(七十事)는 이런(←일흔) 일, 삼십식(三十食)은 설은(←서른) 밥을 뜻한다. 걸식을 하던 나그네의 설움을 숫자를 이용해 풍자한 것이다.

구월산

김병연

구월산
九月山

지난해 9월에 구월산을 지나갔고
올해 9월에 구월산을 지난다.
해마다 9월이 되면 구월산을 지나는데
구월산 빛은 9월에 길구나.

去年九月過九月
거년구월과구월
今年九月過九月
금년구월과구월
年年九月過九月
연년구월과구월
九月山色長九月
구월산색장구월

◉ 이 시는 1926년에 간행된 《대동기문》에 실려 있다. 원문 한시는 칠언 절구로 글자는 모두 스물여덟 자이다. 글자를 보면 九와 月이 각각 여덟 자, 年이 네 자, 過가 세 자로 합하면 스물세 자나 된다. 나머지 다섯 자는 '去, 今, 山, 色, 長'이다. 이 시의 묘미는 구월이란 한자의 의미를 읽는 데 있다. 네 번은 9월로, 그리고 네 번은 황해도에 있는 구월산의 뜻으로 쓰였다. 이렇게 파격적인 시 형식을 통해, 김병연은 일생을 삿갓으로 얼굴을 가리고 지팡이를 벗 삼아 방랑하며 세상에 대한 울분과 한을 드러낸 것이다.

1 〈가을밤 비 내릴 때〉를 지은 작자의 삶을 통해 '만 리'의 뜻을 설명해 보자.

2 〈부벽루에 올라〉에서, 변함없는 자연 앞에 인간 역사의 무상함을 보여 주는 부분을 찾아보자.

3 〈홀로 앉아〉의 경련(5, 6구)과 미련(7, 8구)을 통해 화자가 말하려는 것이 무엇인지 추측해 보자.

4 〈눈〉을 읽고, 다음 물음에 답해 보자.

1) 화자의 처지를 직접적으로 보여 주는 시어를 찾아보자.

2) 다음 글을 참고하여 객관적 상관물을 찾아보자.

객관적 상관물(客觀的 相關物, objective correlative)이란 엘리어트가 실생활에 있어서의 정서와 문학 작품에 구현된 정서의 절대적 차이를 강조하는 입장에서 사용한 말이다. 엘리어트는 "어떤 특별한 정서를 나타낼 공식이 되는 한 떼의 사물, 정황, 일련의 사건으로서, 바로 그 정서를 곧장 환기시키도록 제시된 외부적 사물들"이라고 말했다. 개인의 정서가 예술적 객관화의 과정을 거치지 못하고 그대로 생경하게 노출될 경우, 그것은 문학의 재료를 재료 상태에 그대로 머물게 한 것으로 본다. 김소월의 〈진달래꽃〉은 분명히 김소월의 개인적 정서와 관계가 있으나, 이별하는 남녀 관계에서 버림받는 여자가 혼자 말하는 자가 되어 있는 객관적 정황을 마련하고 있는데, 바로 이 정황이 김소월의 개인적 감정의 객관적 상관물이 된다. 슬픈 감정을 그냥, "아아, 슬프다!"라고 토로하는 것은 객관화되지 못한 것이다.

-《문학 사전》에서

5 〈외나무다리〉에서, 외나무다리를 바라보는 화자와 사람들의 태도를 말해 보자.

6 〈화석정〉의 함련(3, 4구)과 경련(5, 6구)에서 대구를 찾아보자.

	함련(頷聯)		경련(頸聯)	
시어	강물	푸른 하늘	산	달
짝				

7 〈산사의 밤〉에서, 화자의 정서를 드러내 주는 시어를 찾아보자.

8 〈문수사〉의 화자는 꿈속에 간 문수사의 풍경을 함련과 경련에서 어떤 감각 이미지를 통해 표현하고 있는지 말해 보자.

9 〈한 해〉에서, 시절을 대하는 화자의 쓸쓸함을 보여 주는 시어를 찾아보자.

10 다음은 말장난을 보여 주는 김병연(김삿갓)의 시로, 단 두 글자만 쓰고 있다. 뜻을 바르게 풀어 보자.

是是非非非是是
是非非是非非是
是非非是是非非
是是非非是是非

– 김병연, 〈옳고 그름의 노래〉

9장

그림자, 나 아닌 나

이 장에는 '초월'을 이야기하는 작품을 담았습니다.
우리는 현실에 적응하며 살아가면서도,
때로는 자신의 현재 모습에서 벗어나고픈 욕망을 가지고 있습니다.
그것은 꿈을 통해서 실현되기도 하지만,
대부분 자신의 삶을 되돌아보고 반성하면서 다시 현실로 돌아옵니다.
이 장에서 그러한 초월의 욕망이 어떻게 나타나는지 살펴봅시다.

감로사

김부식

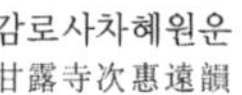
감로사차혜원운
甘露寺次惠遠韻

속세 나그네 이르지 않는 곳	俗客不到處	속 객 부 도 처
올라 보니 마음이 맑아지네.	登臨意思淸	등 림 의 사 청
산 모양은 가을에 더욱 좋고	山形秋更好	산 형 추 갱 호
강 빛은 밤에 오히려 밝구나.	江色夜猶明	강 색 야 유 명
흰 새는 높이 날아 사라지고	白鳥高飛盡	백 조 고 비 진
배는 외로이 혼자 떠가네.	孤帆獨去輕	고 범 독 거 경
부끄럽구나, 달팽이 뿔 위에서	自慚蝸角上	자 참 와 각 상
반평생 헛이름만 찾았구나.	半世覓功名	반 세 멱 공 명

◉ 《장자》 〈칙양〉 편에 이런 이야기가 있다. 위나라 재상 혜자가 대진인을 데리고 왔는데, 대진인이 위나라 임금에게 이런 이야기를 한다. "달팽이의 왼쪽 뿔에 촉 씨가 있고, 오른쪽 뿔에 만 씨가 있다. 그들이 땅을 다투는데 시체가 수만이 되고, 갔다가 돌아오는 데 보름이 걸린다." 이 이야기는 무한한 우주에 비하면 사람의 일 또한 달팽이 뿔 위에서 벌어진 일처럼 보잘것없다는 것이다. 작자는 감로사라는 절의 혜원이라는 스님의 시 운자를 빌려(차운(次韻)) 시를 썼다. 속세 사람이 이르지 않는 절에서 화자는 헛이름(공명)을 구하며 세상에 얽매여 살아온 자신의 지난 삶을 반성한다. 좁다란 세상에서 백 년도 살지 못하면서 아웅다웅하는 우리네 삶은 얼마나 우스운가?

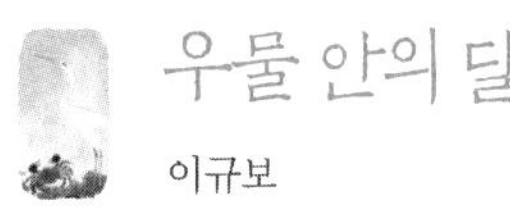

우물 안의 달

이규보

영정중월
詠井中月

산사 스님이 달빛을 탐내어　　山僧貪月色 산승탐월색
병 속에 물과 달을 함께 길었네.　　幷汲一甁中 병급일병중
절에 돌아오면 비로소 깨달으리라.　　到寺方應覺 도사방응각
병을 기울이면 달도 또한 비게 되는 것을.　　甁傾月亦空 병경월역공

◉ 불교에서 사람의 착한 마음을 해쳐 깨달음에 장애가 되는 세 가지 번뇌를 독에 비유하여 '삼독'이라고 한다. 그것은 욕심, 성냄, 어리석음 따위이다. 산에 사는 스님이 달빛을 탐낸다. 번뇌의 시작이다. 그 욕심의 끝은 무엇일까? 시인은 텅 빔이라고 말한다. 사람들은 욕망의 대상이 되지 못하는 것조차 욕망하려고 한다. 그것은 깨달음을 구하는 구도자에게 있어서도 떨치기 어려운 유혹이다. 그 욕망의 끝은 허망함이다.

스님이 우물물을 길어 가는데　　僧去汲井水　승거급정수
바리 속에 달빛이 가득하다.　　和月滿盂中　화월만우중
절에 돌아가면 보이는 게 없어　　入寺無所見　입사무소견
비로소 색즉시공을 알리라.　　方知色是空　방지색시공

- 최립, 〈차이문순정중월운(次李文順井中月韻)〉

• 색즉시공(色卽是空) 불교에서, 현실의 물질적 존재는 모두 인연에 따라 만들어진 것으로 불변하는 고유의 존재성이 없음을 이르는 말이다. 《반야심경》에 나온다.

강기슭의 백로

이규보

요화백로
蓼花白鷺

앞 여울에 물고기와 새우가 많아
백로가 물결을 뚫고 들어가려다
사람을 보고는 문득 놀라 일어나
강기슭에 도로 날아가 앉아서
목을 들고 사람 가기 기다리다
가랑비에 털이 다 젖었다.
마음은 여울의 물고기에 있는데
사람들은 기심을 잊고 서 있다고 한다.

前灘富魚蝦
전 탄 부 어 하
有意劈波入
유 의 벽 파 입
見人忽驚起
견 인 홀 경 기
蓼岸還飛集
요 안 환 비 집
翹頸待人歸
교 경 대 인 귀
細雨毛衣濕
세 우 모 의 습
心猶在灘魚
심 유 재 탄 어
人道忘機立
인 도 망 기 립

기심(機心) 기회를 엿보는 마음.

◉ 백로는 희고 깨끗하여 예로부터 청렴한 선비를 상징해 글과 그림의 소재로 많이 이용되었다. 널리 알려진 시조(일명 〈백로가〉)에서도 백로는 간신을 상징하는 까마귀와 대비되는 충신으로 그려져 있다. 시인은 이런 일반적인 시각을 비튼다. 백로의 마음은 여울의 물고기에 있는데도 사람들은 백로의 모습을 고고하다고 예찬한다. 그러나 그 고고함은 실상 거짓이다. 시인은 우리에게 대상의 본질을 바로 바라볼 것을 요구한다. 김득신(金得臣, 1604~1684)의 다음 시를 읽어 보자.

백로가 무얼 엿보나? 白鷺窺何物 백로규하물
고기 떼는 무리 지어 노는데. 群魚作隊遊 군어작대유
다만 삼켜 버릴 마음에 只存呑食意 지존탄식의
해종일 여울가에 서 있네. 終日立灘頭 종일입탄두

- 김득신, 〈백로를 읊다(詠白鷺)〉

그림자

대영
對影

진각 국사 혜심

못가에 혼자 앉았다가	池邊獨自坐 지 변 독 자 좌
못 안에 있는 스님 만났다.	池底偶逢僧 지 저 우 봉 승
말없이 웃으며 서로 보는데	默默笑相視 묵 묵 소 상 시
그를 알고 말해도 대답 없다.	知君語不應 지 군 어 불 응

◉ 스님은 연못가에 앉아 거울같이 맑은 물을 들여다본다. 거기 자신의 모습이 비쳐 있다. 스님은 말없이 빙그레 웃는다. 그러자 수면의 그림자도 따라 웃는다. 스님이 말을 걸지만 그림자는 말이 없다. 한 편의 동시 같지만, 여기에는 사물의 본질과 현상에 대한 날카로운 깨달음이 숨어 있다. 스님이 나일까, 그림자가 나일까? 아니면 그 둘 모두 나일까, 그 둘 모두 내가 아닌 것은 아닐까?

입멸

원증 국사 보우

임종게
臨終偈

사람의 목숨은 물거품처럼 빈 것이어서
팔십여 년이 봄날 꿈속 같았네.
죽음에 다다라 이제 가죽 부대 버리노라니
한 바퀴 붉은 해가 서산으로 넘어가네.

人生命若水泡空
인 생 명 약 수 포 공
八十餘年春夢中
팔 십 여 년 춘 몽 중
臨終如今放皮袋
임 종 여 금 방 피 대
一輪紅日下西峰
일 륜 홍 일 하 서 봉

◉ 흔히 스님의 죽음을 입적(入寂), 입멸(入滅), 입정(入定), 열반(涅槃)이라 한다. '입적·입멸'이란 번뇌가 모두 사라지고 궁극적인 고요함의 세계인 적멸의 경지에 들어선다는 뜻이며, '입정'이란 한마음으로 사물을 생각하여 마음이 하나의 경지에 정지하여 흐트러짐이 없는 선정(禪定)에 들어간다는 뜻이다. 또한 열반이라고 하는 것은 죽음이 곧 모든 번뇌의 얽매임에서 벗어나는 것이기 때문이다. 이 시는 고려 말 선승 태고 보우의 임종게이다. 죽음에 이르고 보니 지난 팔십여 년이 물거품처럼, 봄날 꿈처럼 느껴진다고 했다. 죽음 앞에 어느 누군들 회한이 없으라만, 스님의 임종은 참 맑고 깨끗하다.

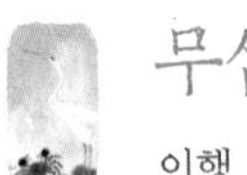

무심

이행

제화삼수
題畫三首

산은 푸르고 구름은 절로 희니
가지각색이 본디 같은 것이라.
한 번 웃고 무심히 대하니
구름도 비고 산도 비었구나.

山靑雲自白
산 청 운 자 백
色色本來同
색 색 본 래 동
一笑無心對
일 소 무 심 대
雲空山亦空
운 공 산 역 공

◉ 사물은 모두 자신만의 특성(개성)을 가지고 있다. 영어에서 개성(individuality)이란 단어는 '나눌 수 없는(indivisible)'이란 뜻을 가진다. 다른 것과 구별되는 독자적인 것이 개성이란 것이다. 이렇게 1차원적으로 관찰한 사실이 '산은 푸르고, 구름은 절로 희다.'라는 진술로 나타난다. 그러나 화자는 여기서 멈추지 않고 '모두는 본디 같은 것'이라고 부정한다. 나아가 화자는 그 자체로는 부정하면서 오히려 한층 더 높은 단계에서 긍정한다(지양, 止揚, Aufheben). 그것을 화자는 '무심(無心)'으로 열었다. '구름도 비고 산도 비었다.'라는 것은 현재의 상태를 고차적으로 통일하여 더욱 발전시킨 것이다. 다음은 '무심'의 극치를 보여 주는 청허 휴정의 시이다.

산은 스스로 무심히 푸르고 山自無心碧 산자무심벽
구름은 스스로 무심히 희어라. 雲自無心白 운자무심백
그 가운데 한 사람의 스님 其中一上人 기중일상인
그 또한 무심한 나그네라네. 亦是無心客 역시무심객

- 청허 휴정, 〈일선암 벽에 쓰다(題一禪庵壁)〉

봄바람

허응당 보우

봉화응중덕축운
奉和應中德軸韻

환을 말한다고 어찌 환이 되며
공을 말한다고 어찌 공이 다하랴?
공도 아니고 환도 아닌 곳
봄바람에 꽃이 웃는다.

說幻寧爲幻
설 환 영 위 환
言空豈盡空
언 공 기 진 공
非空非幻處
비 공 비 환 처
花自笑春風
화 자 소 춘 풍

◉ "도를 도라고 말하면 그것은 늘 그러한 도가 아니다."라고 말한 노자나, "말할 수 없는 것에 대해서는 침묵을 지켜야 한다."라고 말한 비트겐슈타인은 모두 언어의 한계를 지적한다. 몸과 마음 모두가 환영임을 말한다고 환영이 멸하는 것이 아니며, 그 자체로 성립하며 실체성이 없는 공을 말한다고 공을 꿰뚫어 본 것이 아니다. 불립문자(不立文字)라는 말처럼, 불교에서는 말이나 관념을 통해 실체를 파악하려는 것을 멈추라고 말한다. 역설적으로 실체를 부정함으로써 실체에 접근할 수 있다는 말이다. '공도 환도 아니다.'라는 것은 이러한 부정을 통해 '꽃이 웃는다.'라는 긍정의 상태에 이를 수 있음을 보여 준다.

인생

김인후

제충암시후
題沖庵詩後

어디서 왔다가
어디로 가는가?
오감에 자취 없으니
아득하여라, 백 년.

來從何處來
내 종 하 처 래
去向何處去
거 향 하 처 거
去來無定蹤
거 래 무 정 종
悠悠百年許
유 유 백 년 허

◉ 김인후를 이야기할 때 빼놓을 수 없는 사람이 인종이다. 인종의 스승이기도 했던 김인후는 인종이 8개월 만에 승하하자 벼슬을 버리고 고향으로 돌아왔다. 이후 명종이 여러 번 불렀으나 모두 거절하고 지우(知遇, 자신을 알아주고 잘 대우함)를 입은 인종에 대한 충절을 지켰다. 이 시에는 그런 시인의 뜻이 깊이 배어 있다. 우리 삶은 어디서 왔고 또 어디로 가는가? 무한한 시간과 공간 속에서 우리 삶은 얼마나 하찮은 것인가? 자신을 알아주던 사람을 잃고 목숨을 이어 가던 화자의 쓸쓸함과 허무감이 짙게 나타난다.

꿈

청허 휴정

삼몽사
三夢詞

주인은 나그네에게 꿈 이야기하고	主人夢說客 주 인 몽 설 객
나그네는 주인에게 꿈 이야기한다.	客夢說主人 객 몽 설 주 인
지금 꿈 이야기하는 두 사람	今說二夢客 금 설 이 몽 객
이 또한 꿈속의 사람이네.	亦是夢中人 역 시 몽 중 인

◉ 장자가 꿈에 나비가 되었다. 스스로 유쾌하여 자기가 장자인 줄 몰랐다. 그러나 조금 뒤에 깨어 보니 자기는 틀림없이 장자였다. 장자가 나비가 된 꿈을 꾼 것일까, 아니면 나비가 장자가 된 꿈을 꾼 것일까? 이는 《장자》에 나오는 이야기이다. 장자는 만물의 변화를 장자와 나비의 꿈을 빌려 이야기했다. 절대 경지에서 보면 장자도 나비도, 꿈도 현실도 구별이 없다. 다만 만물의 변화에 불과할 뿐인 것이다. 이 시에서 주인과 나그네도 장자와 나비의 다른 비유이다. 어느 것이 진정한 나인가?

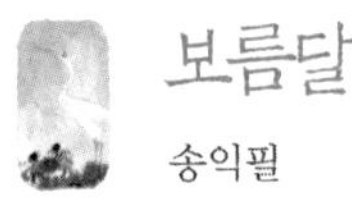

보름달

송익필

망월
望月

둥글지 않아서는 늦게 둥글어짐 한하더니	未圓常恨就圓遲 미 원 상 한 취 원 지
둥글어지고서는 어찌 쉽게 이지러지는가?	圓後如何易就虧 원 후 여 하 이 취 휴
서른 날 중에서 하룻밤만 둥근데	三十夜中圓一夜 삼 십 야 중 원 일 야
사람의 한평생이 모두 이와 같구나.	百年心事摠如斯 백 년 심 사 총 여 사

◉ 초하루부터 그믐까지 달의 모양을 보고 이름하면, 초승달 또는 눈썹달, 상현달 또는 반달, 보름달, 하현달 또는 반달, 그믐달이다. 이 시의 소재는 제목 그대로 한 달에 한 번 뜨는 보름달이다. 화자는 사람의 한평생이 모두 이처럼 차면 이지러지는 보름달 같다고 하였다. 시의 내용은 시인의 삶과 관련시켜 보면 흥미롭다. 송익필의 아버지는 원래 신분이 미천하였으나 역모를 고발하여 공신에 봉해진다. 하지만 나중에 조작임이 밝혀져 노비로 환속되자 송익필은 이름을 바꾸어 도피 생활을 하고 유배되기도 한다. 결국 일정한 거처 없이 친구·문인들의 집을 전전하며 불우하게 살다 죽는데, 이 시는 그의 불행한 삶을 암시해 준다.

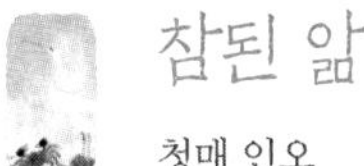

참된 앎

청매 인오

간도지지편
看到知知篇

앎으로써 아는 앎이란
손으로 허공을 잡는 것.
앎이란 스스로 아는 것일 뿐
앎이 없음을 아는 것이 참된 앎.

若以知知知
약 이 지 지 지
如以手掬空
여 이 수 국 공
知但自知已
지 단 자 지 이
無知更知知
무 지 갱 지 지

◉ "아는 것을 안다고 하고, 모르는 것을 모른다고 하는 것이 바로 아는 것이다." 《논어》에서 공자가 한 이 말은, "너 자신을 알라."라고 외친 소크라테스나, "의심이 크면 깨달음도 크다."(《선가귀감》)라는 불가의 가르침과 다르지 않다. '견성성불(見性成佛)', 모든 망념과 미혹을 버리고 자기 본래의 성품인 자성을 깨달아 앎으로써 부처가 된다는 말이다. 미망에서 벗어나 진리를 깨친다는 것은 참된 자기를 깨달아 아는 것이다. 그러나 이 시는 이것을 한 번 더 넘어선다. '앎이 없음을 아는 것', 결국 끊임없이 부정을 통해서만 진리가 드러난다는 역설이다.

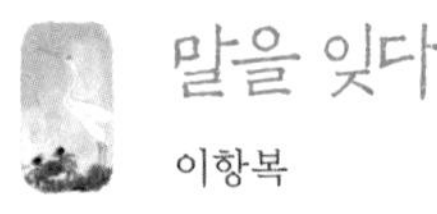

말을 잊다

이항복

우음
偶吟

달 지나니 찬 못엔 그림자 지고	月過寒塘影 월 과 한 당 영
구름 옮기니 작은 나무엔 자취 남았다.	雲移小樹痕 운 이 소 수 흔
선천적 성품은 본디 모습이 없어	先天本無象 선 천 본 무 상
말을 하려다가 이미 말을 잊었다.	欲語已忘言 욕 어 이 망 언

◉ '선천(先天)'의 사전적 의미는 '태어나기 전부터 몸에 갖추어진 성품'으로 '태어난 뒤에 여러 가지 경험이나 지식에 의하여 지니게 된 것'을 뜻하는 '후천(後天)'의 짝이 되는 말이다. 달이 지나니 못에 그림자가 생기고, 구름이 흐르니 나무엔 자취가 남는다. 못에 생긴 그림자는 달이 아니고, 나무에 남은 자취 또한 구름이 아닌 것처럼, 선천적 성품도 그 자체로 모습을 드러내지 않는다. 그런데도 우리는 어짊·의로움·예의·슬기로움이니 하는 말로 성(性)을 언어화하려고 한다. 얼마나 무모한가? 육조 혜능은 "진리는 하늘의 달과 같다. 문자는 달을 가리키는 손가락이다. 달을 보는데 손가락을 거칠 필요는 없다."라고 했다. 말을 하려다가 말을 잊었다는 것은, "보리는 본디 나무가 없고, 밝은 거울 또한 받침대가 없다. 본디 한 물건도 없는데, 어느 곳에 티끌과 먼지가 있겠는가?"라고 한 혜능의 말과 다르지 않다.

청산

김집

하산
下山

청산이 날 저버리지 않으니
내 어찌 청산을 저버리랴?
머지않아 다시 와서
티끌세상 영원히 벗어나리라.

青山不負我
청산불부아
我豈負青山
아기부청산
重來期不遠
중래기불원
永願脫塵間
영원탈진간

◉ 도연명(365~427)은 〈귀거래사〉에서 이렇게 말한다. "돌아가리라, 돌아가리라. 전원이 묵어 가니, 어찌 아니 돌아가리?" 도연명은 전원으로 돌아가고 싶다는 소박한 바람을 노래했지만, 세상사에 얽매인 속인에게 그것은 엄청난 모험이다. 언젠가 이 현실을 떠나 돌아갈 곳을 찾아 헤매지만, 결국 현실의 굴레를 벗어나지 못하는 것이 우리의 삶이다. 〈귀거래사〉는 이렇게 끝맺는다. "애오라지 자연을 따라 죽음에로 돌아가니, 천명을 즐겨 다시 무엇을 의심하리?" 이 시에서 화자가 말하는 청산은 도연명이 말한 '천명'을 즐길 수 있는 곳이다.

그림자, 나 아닌 나

장유

영영차운
詠影次韻

등불을 앞에 하고 문득 고개를 돌리니	燈前忽回首 등전홀회수
괴이하게도 또 나를 따르는구나.	怪爾又相隨 괴이우상수
숨었다 나타났다 일정한 모습 없고	隱見元無定 은견원무정
밝음과 어둠을 따르네.	光陰各有時 광음각유시
홀로 가는 길에 늘 짝이 되어	獨行常作伴 독행상작반
늙도록 떠난 적 없었네.	到老不曾離 도로부증리
일체는 꿈과 허깨비라는 참된 이치는	夢幻眞同理 몽환진동리
《금강경》을 보면 알리라.	金剛偈裏知 금강게리지

◉ 나 아니면서 나이기도 하며, 나와 늘 함께하는 것은 무엇일까? 바로 그림자(影)이다. 일정하게 정해진 모양은 없지만, 그림자는 늘 나를 따라다닌다. 홀로 살아가는 이 세상에서 나와 짝이 되어 늘 함께한다. 그림자에 대한 소박한 관찰이다. 마지막 두 구절은 다음과 같은 《금강경》의 마지막 말을 두고 한 것이다. "모든 현상은 꿈과 허깨비, 물거품과 그림자 같고, 이슬이나 번개 같으니, 마땅히 이렇게 보아야 하리라.(一切有爲法 如夢幻泡影 如露亦如電 應作如是觀)" 나(자아)에 대한 집착이 없어지는 곳에서 반야(般若)의 지혜가 싹튼다.

1 〈감로사〉와 다음 시를 함께 읽고, 미련(7, 8구)을 통해 드러난 화자의 태도를 말해 보자.

푸른 산 끊어진 곳 두세 집
언덕을 안고 돌아 한 가닥 길이 비껴 있네.
비 오려는지 웅덩이에 개구리가 개굴개굴
바람이 불려는지 높은 나무에 까치가 깍깍.
버들 늘어선 으슥한 골목은 잡초에 묻혀 있고
사람 없는 싸리문은 낙화 속에 가렸네.
속세 밖에 노닐면서 애오라지 즐기노니
바쁘게 번잡한 곳 찾아다님이 우습구나.

– 김극기, 〈촌가〉

2 〈우물 안의 달〉에서, 각 구의 끝 글자를 모아 순서대로 읽으면 '색중각공'으로 주제와 관련된다. 이 시의 주제를 말해 보자.

3 〈강기슭의 백로〉를 읽고, 다음 물음에 답해 보자.

1) 사람들이 강기슭의 백로를 보고 하는 말을 써 보자.

2) 사람들의 이러한 태도는 무엇 때문인지 말해 보자.

4 〈입멸〉을 읽고, 다음 시어와 시구의 속뜻을 말해 보자.

시어와 시구	속뜻
물거품	
가죽 부대	
서산으로 넘어가네	

5 〈봄바람〉의 1, 2구를 한자 성어로 말해 보자.

6 〈꿈〉의 해설에서 물은 것처럼, '나'를 표현해 보자.

7 〈참된 앎〉과 다음 글을 읽고, 앎을 위해 어떤 자세가 필요한지 말해 보자.

- 배우기를 좋아하고 아랫사람에게 묻는 것을 부끄러워하지 않는다.
- 아는 것을 안다고 하고, 모르는 것을 모른다고 하는 것이 바로 아는 것이다.
- 옛날 배우는 사람들은 자신을 위해 공부했는데, 지금 배우는 사람들은 남에게 보이기 위해 공부한다.

– 《논어》에서

8 〈청산〉에서, '청산'의 의미를 말하고 '청산'과 대비되는 시어를 찾아보자.

지은이 소개

고조기(?~1157) 고려 중기의 문신. 성품이 강직하고 청렴결백했지만, 권세 높았던 김존중에게 몸을 굽히고 구차하게 영합하여 비난을 받기도 했다. 경서(經書)와 사기(史記)에 밝았으며, 시도 잘 지었다.

권근(1352~1409) 고려 말 조선 초의 문신, 호는 양촌(陽村). 이성계가 조선을 세우는 데 큰 역할을 했으며, 조선 건국 후 여러 제도를 다듬는 데 힘썼다. 특히 외교에 크게 기여하여 조선과 명의 관계를 좋게 바꾸었다. 또 정종 때는 사병(私兵) 제도를 없애야 한다고 건의하여 이것이 받아들여짐으로써 왕권이 강화되는 계기를 만들었다. 문집으로 《양촌집》이 있다.

권필(1569~1612) 조선 중기의 문인, 호는 석주(石洲). 정철의 문인으로, 성격이 자유분방하여 벼슬하지 않고 야인으로 일생을 마쳤다. 임숙영이 '책문(策文)'에서 광해군의 뜻에 거슬려 삭과(削科)된 사실을 듣고 분함을 참지 못하여 〈궁류시(宮柳詩)〉를 지어서 풍자·비방한 일로 귀양을 가게 된다. 귀양 가다가 동대문 밖에서 행인들이 동정으로 주는 술을 폭음하고 이튿날 죽었다. 《석주집》과 한문 소설 〈주생전〉이 전한다.

길재(1353~1419) 고려 말 조선 초의 학자, 호는 야은(冶隱). 고려 말에 나라가 장차 망할 것을 알고서, 늙은 어머니를 모셔야 한다는 핑계로 벼슬을 버리고 고향인 선산으로 돌아가 후학을 가르치는 데 힘썼다. 그의 문하에서 김숙자 등 많은 학자가 배출되어, '김종직 → 김굉필 → 정여창 → 조광조'로 그 학통이 이어졌다.

김귀영(1520~1593) 조선 중기의 문신. 임진왜란 때 임해군(선조의 맏아들)을 모시고 함경도로 피란했다가 왜장의 포로가 되어, 임해군을 보호하지 못한 책임으로 삭탈관작되었다.

김극기(?~?) 고려 명종 때의 문신. 농민 반란이 계속 일어나던 무신 시대에 핍박받는 농민들의 모습을 보고 고민하였으며, 그들의 삶을 시를 통해 적극적으로 표현했다.

김득신(1604~1684) 조선 중기의 시인. 어릴 때는 똑똑한 편이 아니었으나, 아버지의 믿음과 가르침으로 열심히 책을 읽어 이름을 떨쳤다. 쉰아홉 살에 과거에 합격하였지만, 조선을 통틀어 가장 열심히 책을 읽은 인물로 기록되어 있다. 특히 《사기》의 〈백이전〉은 1억 번(오늘날 단위로 10만 번)이나 읽었다고 하여 자기의 서재를 '억만재'라 이름하였다.

김려(1766~1822) 조선 후기의 문인, 호는 담정(藫庭). 이옥 등과 교유하면서 소품체 문장의 대표적 인물로 주목받았다. 1797년에 벗인 강이천의 유언비어 사건에 연루되어 부령으로 유배되었다. 유배지에서 가난한 농어민과 친밀하게 지내고 관기인 연희와 어울리며 그들의 처지를 이해하고 그들을 위한 시를 지어 화를 입었다. 시문집 《담정유고》가 전한다.

김병연(1807~1863) 조선 후기의 방랑 시인, 별호는 김삿갓 또는 김립(金笠). 평안도 선천의 부사였던 할아버지 김익순이 '홍경래의 난' 때에 투항한 사실을 모르고 향시(鄕試)에 응시하여 김익순을 조롱하는 시로 장원 급제하였다. 그러나 자신의 내력을 어머니에게서 듣고는 조상을 욕되게 한 죄인이라는 자책으로 삿갓을 쓰고 전국을 방랑하였다. 그의 한시는 양식의 파격을 통해 풍자와 해학을 담아내고 있다.

김부식(1075~1151) 고려 시대의 문신. 그를 포함해 4형제의 이름은 송나라 문인인 소식 형제의 이름을 따서 지었다고 한다. '묘청의 난' 때 원수로 임명되어 난을 진압하였다. 관직에서 물러난 후 1145년(인종 23) 《삼국사기》를 편찬하였다.

김상헌(1570~1652) 조선 중기의 문신. 1636년 병자호란이 일어나자 예조 판서로 주화론(主和論)을 배척하고 끝까지 주전론(主戰論)을 펴다가 인조가 항복하자 안동으로 은퇴하였다. 1639년 청나라가 명나라를 공격하기 위해 요구한 출병에 반대하는 소를 올렸다가 청나라에 압송되어 6년 후 풀려나 귀국하였다.

김수녕(1436~1473) 조선 전기의 문신. 《세조실록》과 《예종실록》의 편찬에 참여하였고, 양성지·서거정 등과 함께 《동국통감》을 편찬하였다.

김시습(1435~1493) 조선 전기의 문인, 생육신의 한 사람. 세 살 때부터 글자를 배우기 시작하여 다섯 살 때 이미 한시를 지을 줄 아는 천재였다. 이 사실이 세종에게까지 알려져 '오세(五歲)'라는 이름을 얻게 되었다. 그러나 수양 대군(세조)의 왕위 찬탈 소식을 듣고, 보던 책들을 모두 모아 불사른 뒤 머리를 깎고 승려가 되어 전국을 유랑하였다. 이로 하여 생육신으로 불리게 되었다. 우리나라 최초의 한문 소설인 《금오신화》가 전한다.

김육(1580~1658) 조선 중기의 문신, 제도 개혁을 추진한 정치가. 효종 때 우의정으로 대동법의 확장 시행에 적극 노력하였다.

김인후(1510~1560) 조선 중기의 문신. 1545년(인종 1) 인종이 죽고 곧이어 을사사화가 일어나자, 병을 이유로 고향인 장성에 돌아가 성리학 연구에 전념하였다.

김정희(1786~1856) 조선 후기의 문신, 서화가, 금석학자. 호는 추사(秋史)·완당(阮堂). 스물네 살 때 청나라 연경에 가서 많은 학자들과 교유하였다. 학문에서는 '실사구시'를 주장하였고, 서예에서는 자신만의 독특한 필치가 살아 있는 '추사체'를 이루었다.

김종직(1431~1492) 조선 전기의 문신, 호는 점필재(佔畢齋). 아버지는 길재의 학통을 이은 김숙자로, 김종직을 거쳐 김굉필, 조광조로 이어지는 도학 정통의 중추적 역할을 하였다. 생전에 지은 〈조의제문(弔義帝文)〉은 무오사화가 일어나는 원인이 되었다.

김집(1574~1656) 조선 중기의 문신, 아버지 김장생의 학문을 이어받아 예학의 기본적 체계를 완성하고, 그 학문을 송시열에게 전해 주어 '기호학파'를 형성하는 데 중요한 역할을 하였다.

김창협(1651~1708) 조선 후기의 문신, 호는 농암(農巖). 증조부는 좌의정 김상헌이고, 아버지는 영의정 김수항이며, 형은 영의정 김창집이다. 학문적으로는 이황과 이이의 설을 절충하였다. 문장은 단아하고 순수하여 구양수의 정수를 얻었으며, 시는 두보의 영향을 받았지만 그대로 모방하지 않고 고상한 시풍을 이루었다. 문장에 능하고 글씨를 잘 썼다. 문집으로 《농암집》이 있다.

남이(1441~1468) 조선 세조 때의 무신. 태종의 외증손으로 1467년 '이시애의 난'을 진압하여 이름을 떨치고, 1468년 스물여덟 살에 병조 판서가 되었다. 하지만 병조 참지(參知)인 유자광이 남이의 역모를 고발하여 죽음을 당했다.

남효온(1454~1492) 조선 전기의 문신, 호는 추강(秋江). 김종직의 문인이며 생육신의 한 사람이다. 김종직이 이름을 부르지 않고 반드시 '우리 추강'이라 했을 만큼 아꼈다. 1478년(성종 9) 스물다섯 살 때 소를 올려 문종의 비 현덕 왕후의 소릉을 복위할 것을 주장했다. 이 일로 훈구파들로부터 미움을 받게 되었고, 세상 사람들도 그를 미친 선비라 하였다. 또 박팽년, 성삼문, 하위지, 이개, 유성원, 유응부가 단종을 위하여 절개를 지킨 사실을 기록해 〈육신전(六臣傳)〉이라 했다. 1504년 갑자사화 때 부관참시를 당하였다. 문집으로《추강집》이 있다.

능운(?~?) 조선 후기의 기생. 이름 '능운'은《사기》〈사마상여전〉에 나오는 말이다. '구름까지 올라간다'는 뜻으로, 지향하는 바가 고매함을 보여 주는 말이다.

박지원(1737~1805) 조선 후기의 문신, 호는 연암(燕巖). 학문이 뛰어났으나 1765년 과거에서 뜻을 이루지 못하였고, 이후 과거를 보지 않고 학문과 저술에 힘썼다. 홍국영이 세도를 잡아 생명의 위협을 느끼고 황해도 연암협에 은거해 호가 '연암'이 되었다. 1780년(정조 4) 삼종형 박명원이 정사(正使)로 북경으로 가자 수행(1780년 6월 25일 출발, 10월 27일 귀국)하고 돌아와《열하일기》를 썼다. 이 글에서 이용후생을 강조하고 청나라의 발달된 문물과 제도를 받아들여 조선을 개혁하고자 하였다. 그의 주장은 현실적으로 수용되지 않았지만 위정자와 지식인에게 강한 자극제가 되었다. 문집으로《연암집》이 있다.

백광훈(1537~1582) 조선 중기의 시인. 당시 대립하던 '송시(宋詩)'와 '당시(唐詩)' 사이에서, 송시의 풍조를 버리고 당시 시풍을 따랐다. 최경창, 이달과 함께 '삼당시인(三唐詩人)'이라 불린다.

서거정(1420~1488) 조선 전기의 문신, 호는 사가정(四佳亭). 조선 초기의 대표적인 관학자로, 학문의 폭이 넓었으며 시에 능하였다. 1478년 대제학으로 있으면서 우리나라 역대 시문을 집대성해《동문선》을 편찬하였다. 문집으로《사가집》이 있다.

설요(?~693) 신라 신문왕 때의 여류 시인. 신라 사람으로 당나라에 건너가 좌무 장군(左武將軍)을 지낸 설승충의 딸이다. 열다섯 살 때 아버지를 여의고 낙망하여 출가하였으나, 6년이 지나도록 뜻을 이루지 못하다가 〈반속요(返俗謠)〉를 지어 불계를 버리고 환속하였다.

성석린(1338~1423) 고려 말 조선 초의 문신. 제1차 왕자의 난이 있은 뒤 태조가 함흥에 머물었는데, 태종이 여러 번 사자를 보냈으나 문안을 전달하지 못하였다. 이에 성석린이 태조의 옛 친구로서 도리를 진술하여 태조와 태종을 화합하게 하였다.

성현(1439~1504) 조선 전기의 학자. 호는 용재(慵齋)·허백당(虛白堂). 음악에도 정통하여 《악학궤범》을 편찬했다. 저서로 수필집 《용재총화》, 문집 《허백당집》이 있다.

송익필(1534~1599) 조선 중기의 학자. 본래 신분이 미천했지만 아버지 송사련이 역모를 조작·고발하여 공신이 되어 유복한 환경에서 교육을 받았다. 문장이 뛰어나 아우 송한필과 함께 이름을 떨쳤다. 이이·성혼과 교유하였으며, 예학(禮學)에 밝아 김장생에게 큰 영향을 주었다. 또 정치적 감각이 뛰어나 서인의 막후 실력자이기도 하였다. 후일 아버지가 고발한 역모가 조작임이 밝혀져 이름을 바꾸고 도피 생활을 하였다. 사면을 받았지만 불우하게 살다가 죽었다.

송한필(?~?) 조선 중기의 학자이며, 송익필의 동생이다.

신광수(1712~1775) 조선 영조 때의 문인. 과시(科詩, 과거를 볼 때 짓는 시)에 능하였고, 농촌의 피폐상과 관리의 부정과 횡포 및 하층민의 고난을 시의 소재로 택해 사실적으로 그려냈다.

신사임당(1504~1551) 조선 중기의 여류 문인, 서화가. 율곡 이이의 어머니이며, 사임당(師任堂)은 호이다. 시와 그림과 글씨에 능하였으며, 현모양처의 귀감으로 숭앙받았다. 사임당의 모습은 율곡이 쓴 사임당의 행장에 잘 나타나 있다.

신흠(1566~1628) 조선 중기의 문신, 호는 상촌(象村). 1613년 계축옥사 때, 선조로부터 영창 대군의 보필을 부탁받은 '유교칠신(遺敎七臣)'이라는 까닭으로 파직되었다. 1616년 춘천에 유배되었다가 1621년에 사면되었다. 문장이 뛰어나 문한직을 맡았으며, 대명 외교 문서의 제작과 시문의 정리에 참여하였다. 문집으로 《상촌집》이 있다.

양사언(1517~1584) 조선 전기의 문인. 40년간이나 관직에 있으면서도 청렴하여 유족에게 재산을 남기지 않았다. 해서(楷書)와 초서(草書)에 뛰어났으며, 안평 대군, 김구, 한호와 함께 조선 4대 서예가로 일컬어진다.

양태사(?~?) 발해 문왕 때 귀덕 장군이었다. 758년 부사(副使)로서 일본에 갔다가 이듬해 귀국하기 전 송별연에서 〈야청도의성(夜聽擣衣聲)〉이라는 시를 지었다.

어무적(?~?) 조선 중기의 시인. 어머니가 관비임에도 불구하고 어려서부터 글을 익혀 시를 지었다. 재능은 뛰어났지만 신분이 낮아 불우하게 살다가 유랑 중에 어떤 역사(驛舍)에서 죽었다.

오윤겸(1559~1636) 조선 중기의 문신. 1617년 정사(正使)로 일본에 가서 임진왜란 때 잡혀갔던 포로 150여 명을 데리고 왔으며, 일본과의 수교를 정상화하였다. 재상의 자리에 있으면서 대동법의 시행을 추진하고, 서얼의 등용을 주장하였다.

원감 국사 충지(1226~1292) 고려 후기의 승려. 스승인 원오 국사의 뒤를 이어 수선사(修禪社)의 여섯 번째 사주(社主)가 되었다. 문집으로 《원감국사집》이 있고, 《동문선》에도 그의 글이 많이 남아 있다.

원증 국사 보우(1301~1382) 고려 말기의 승려. '대한불교 조계종'의 종조(宗祖)로서, 당시 불교계의 타락에 대해 개혁의 필요성을 역설하였다.

유승단(1168~1232) 고려 중기의 문신. 초명(初名)은 원순(元淳). 고문(古文)에 정교하여 세상에서 '원순의 문장'이라고 일컬었다.

윤두수(1533~1601) 조선 중기의 문신. 평소 온화하고 화평했으나 직언을 잘하였다. 임진왜란의 위기 극복에 힘써 난국을 수습하였다.

을지문덕(?~?) 고구려 영양왕 때의 장군. 612년 살수에서 수나라 군사 30만을 격멸시킨 이른바 '살수 대첩'으로 위기에 처한 고구려를 구했다.

이계(1603~1642) 조선 중기의 문신. 간관(諫官)으로 있으면서 청나라와 화친할 것을 주장하며 척화파 김상헌 등을 공격했다.

이규보(1168~1241) 고려 중기의 문신. 호는 백운거사(白雲居士), 삼혹호선생(三酷好先生). 열여섯 살 때부터 강좌칠현(江左七賢)과 관계를 맺었다. 1189년(명종 19) 사마시에 수석으로 합격하고, 이듬해 예부시에서 급제하였다. 그러나 관직을 받지 못하고, 스물다섯 살 때 개성 천마산에 들어가 글을 짓고 보냈다. 백운거사라는 호는 이때 지은 것이다. 문집으로《동국이상국집》이 있다.

이달(1539~1612) 조선 중기의 시인. 호는 손곡(蓀谷). 허균의 스승이었으므로, 허균이 그를 위해 〈손곡산인전(蓀谷山人傳)〉을 지었고, 문집《손곡집》을 엮었다. 최경창, 백광훈과 함께 '삼당시인(三唐詩人)'으로 불린다.

이달충(1309~1385) 고려 말의 학자이자 문신. 신돈이 전횡하던 때 직언하다 파면되기도 하였다.

이덕무(1741~1793) 조선 후기의 학자. 호는 형암(炯庵)·아정(雅亭)·청장관(青莊館)·신천옹(信天翁). 박학다식하고 문장이 뛰어났으나 서자였기 때문에 크게 등용되지 못하였다. 박지원, 홍대용, 박제가, 유득공, 서이수 등 북학파 실학자들과 깊이 교유해 많은 영향을 주고받았다. 1778년(정조 2) 서장관으로 북경에 가서 청나라 학자들과 교유하였다. 1779년 박제가, 유득공, 서이수와 함께 초대 규장각 검서관이 되었다. 그가 죽자 정조는 그의 아들 이광규를 검서관으로 임명하였다. 저서로《청장관전서》가 있다.

이병연(1671~1751) 조선 후기의 시인. 김창흡의 문인이며, 벼슬은 음보(蔭補, 조상의 덕으로 얻은 벼슬)로 부사(府使)에 이르렀다. 시에 뛰어나 영조 때 최고의 시인으로 일컬어졌다.

이산해(1539~1609) 조선 중기의 문신. 호는 아계(鵝溪). 조선 중기 붕당 정치의 핵심적인 인물로, 붕당 정치로 부침을 많이 겪었다. 문장에도 능해 선조 대 '문장 8대가'의 한 사람으로 불렸다.《토정비결》의 작자로 알려진 토정 이지함의 조카이다. 문집으로《아계집》이 있다.

이색(1328~1396) 고려 말기의 문신, 학자. 이곡의 아들이며 이제현의 문인이다. 1389년(공양왕 1) 우왕이 쫓겨나자 조민수와 함께 창왕을 옹립·즉위하게 하여 이성계 일파를 견제했다. 1395년(태조 4) 한산백(韓山伯: 한산은 이색의 본관이며, 백은 귀족 작위)에 봉해졌지만 이

성계의 출사(出仕) 권유를 끝내 고사했다.

이순신(1545~1598) 조선 선조 때의 무신. 시호는 충무(忠武). 1592년 임진왜란이 일어나자 전라 좌도 수군절도사로 옥포 해전, 노량 해전, 당항포 해전 등을 승리로 이끌었다. 1598년 11월 19일, 노량에서 퇴각하기 위하여 집결한 500척의 적선을 물리치다 전사하였다. 죽는 순간, "싸움이 바야흐로 급하니 내가 죽었다는 말을 삼가라."라는 말을 남기고 눈을 감았다. 시문에 능했으며, 《난중일기》를 남겼다.

이숭인(1347~1392) 고려 말기의 학자. 호는 도은(陶隱). 문장이 뛰어났으며, 정몽주와 함께 실록을 편수했다. 조선의 개국에 이르러 정도전에게 원한을 사서 장살(杖殺)되었다. 시문집으로 《도은집》이 있다.

이안눌(1571~1637) 조선 중기의 문신. 호는 동악(東岳). 그의 문집인 《동악집》에 4000여 수의 시를 남겼다. 두보의 시를 만 번이나 읽었다고 하며, 시를 지을 때에 하나의 글자도 가볍게 쓰지 않았다고 전한다. 당시(唐詩)에 뛰어나 이태백에 비유되었다.

이양연(1771~1853) 조선 후기의 문신. 문장이 뛰어났으며 성리학에 밝았다. 농민들의 참상을 아파하는 민요시를 많이 지었다.

이옥봉(?~?) 조선 중기의 여류 시인. 이봉의 서녀로 정실부인이 되지 못하고 조원(1544~1595)의 소실이 되었다. 30여 편의 시가 전한다.

이우(1469~1517) 조선 중기의 문신. 이황의 숙부로, 문장이 맑고 시에 뛰어났다.

이이(1536~1584) 조선 중기의 학자. 아버지는 이원수, 어머니는 사임당 신씨이다. 여덟 살 때 파주 화석정에 올라 시를 지을 정도로 문학적 재능이 뛰어났다. 아홉 차례의 과거에 모두 장원을 차지해 '구도장원공(九度壯元公)'이라 일컬어졌다. 1569년 선조에게 〈동호문답〉을 지어 올렸고, 1575년 주자학의 핵심을 간추린 《성학집요》를, 1577년 아동 교육서인 《격몽요결》을 편찬했다. 특히 그는 〈만언봉사〉를 비롯한 많은 글을 통해 정치와 경제와 국방 등에 가장 필요한 방안을 구체적으로 제시하였고, 언로를 개방하고 여론을 살필 것을 역설했다.

이인로(1152~1220) 고려 무신 집권 때의 문신. 1170년 무신란이 일어나자 불문에 귀의하였다가 환속하였다. 1180년(명종 10) 스물아홉 살 때 진사과에 장원 급제하여 이름을 떨치고, 임춘·오세재 등과 어울려 시와 술로 즐기며 '죽림고회(竹林高會)'를 이루어 활동하였다. 문학에서 신의(新意)를 중시하였고, 《파한집》이 전한다.

이정(1454~1489) 조선 제9대 임금인 성종의 친형인 월산 대군. 왕위 계승에서 가장 유리한 위치를 차지했지만, 동생 성종이 왕위에 오름으로써 현실을 떠나 자연 속에 은둔해 여생을 보냈다.

이제현(1287~1367) 고려 후기의 문신, 호는 익재(益齋)·역옹(櫟翁). 원나라의 수도 연경에 가서 만권당을 짓고 원나라의 학자들과 교유하였다. 저서로 《익재난고》와 《역옹패설》이 있다.

이항복(1556~1618) 조선 중기의 문신. 오성부원군(鰲城府院君)에 봉군되어 오성 대감으로 널리 알려졌으며, 특히 죽마고우인 한음 이덕형과의 기지에 얽힌 많은 이야기로 더욱 잘 알려져 있다. 소년 시절에는 부랑배로 헛되이 세월을 보냈으나 어머니의 교훈으로 학업에 열중했다. 1617년 인목 대비 폐비론에 맞서다가 관작이 삭탈되고 함경도 북청으로 유배되어 그곳에서 죽었다.

이행(1478~1534) 조선 중기의 문신. 1530년 《동국여지승람》을 증보하였다. 문장이 뛰어났으며, 글씨와 그림에도 능하였다.

이황(1501~1570) 조선 중기의 문신, 학자. 호는 퇴계(退溪). 스무 살 무렵 《주역》에 몰두해 건강을 해치기도 했다. 서른네 살(1534)에 문과에 급제하고 관직에 발을 들여놓았으나 중종 말년부터 나라가 어지러워지자 관직을 떠나 산림에 은퇴할 뜻을 품었으며, 이후 벼슬이 주어지면 사양하거나 물러나는 일이 많았다. 고향인 낙동강 상류 토계(兎溪)에서 독서에 전념했는데, 이때 토계를 퇴계(退溪)라 바꾸어 부르고 자신의 호로 삼았다. 예순 살(1560)에 도산서당을 짓고 독서와 저술에 힘쓰는 한편 많은 제자들을 길렀다. 그가 죽은 후에 고향 사람들이 도산서당 뒤에 서원을 지어 도산서원의 사액을 받았다.

임억령(1496~1568) 조선 중기의 문신. 1545년 을사사화 때 금산 군수로 있었는데, 동생

임백령이 소윤에 가담하여 대윤의 많은 선비들을 추방하자, 자책을 느끼고 벼슬을 사퇴하였다.

임유후(1601~1673) 조선 중기의 문신. 담양 부사로 있을 때 백성들을 잘 구휼하여 청백리에 뽑히기도 하였다.

임제(1549~1587) 조선 선조 때의 문인, 호는 백호(白湖). 어려서부터 지나치게 자유분방해 스승이 없었고, 스무 살이 넘어서 성운에게 배웠다. 성격이 호방하고 얽매임을 싫어했다. 여러 아들에게 유언하기를, "천하의 여러 나라가 제왕을 일컫지 않은 나라가 없었는데, 오직 우리나라만은 끝내 제왕을 일컫지 못하였다. 이와 같이 못난 나라에 태어나서 죽는 것이 무엇이 아깝겠느냐! 너희들은 조금도 슬퍼할 것이 없다."라고 한 뒤에 "내가 죽거든 곡을 하지 마라."라고 했다. 여러 곳을 유람하고 많은 일화를 남겼다. 황진이의 무덤을 찾아가 시조를 짓고 제사를 지냈다가 부임도 하기 전에 파직당하기도 했고, 기생 한우와 시조를 주고받기도 했다. 〈수성지〉, 〈화사〉, 〈원생몽유록〉 등의 한문 소설을 지었고, 문집으로《임백호집》이 있다.

장연우(?~1015) 고려 현종 때의 문신.

장유(1587~1638) 조선 중기의 문신, 호는 계곡(谿谷). 일찍이 양명학을 익히고 주기론(主氣論)을 취하였다. 문장이 뛰어나 이정구, 신흠, 이식 등과 더불어 '한문 4대가'로 일컬어졌다. 저서로는《계곡집》,《계곡만필》등이 있다.

전봉준(1855~1895) 조선 말기 '동학 농민 혁명'을 이끈 지도자. 일본의 침략에 맞서 싸우다가 체포되어 교수형을 당하였다.

정가신(?~1298) 고려 후기의 문신. 원나라 간섭기에 문한직을 맡으며 문장을 떨치고 외교관으로도 활약하였다.

정관 일선(1533~1608) 조선 중기의 승려. 휴정 대사의 심인(心印)을 이어받았다. 임진왜란 중에 승려들의 승군(僧軍) 활동에 대해 부정적인 입장을 보였다.

정몽주(1337~1392) 고려 말기의 문신, 학자. 호는 포은(圃隱). 어머니 이씨가 난초 화분을 품에 안고 있다가 땅에 떨어뜨리는 꿈을 꾸고 낳았기 때문에 초명을 '몽란(夢蘭)'이라 했다가 다시 '몽룡(夢龍)'으로 바꾸고 성인이 되자 '몽주(夢周)'라 고쳤다. 1360년 문과에 장원 급제하였으며, 1372년에는 서장관으로 명나라에 다녀오고, 이후 왜에 사신으로 가서 잡혀갔던 백성 수백 명을 구해 오기도 하였다. 이성계의 명성이 높아지자, 이성계 일파를 제거하려고 이성계를 문병하고 귀가하던 도중 선죽교에서 이방원의 문객 조영규에게 살해되었다.

정약용(1762~1836) 조선 정조 때의 학자, 문신. 호는 다산(茶山)·사암(俟菴)·여유당(與猶堂) 등. 스물두 살 때 진사 시험에 합격한 후 정조의 총애를 받아 두루 관직을 거쳤으나, 정조가 죽고 난 후 경북 포항 장기, 전남 강진 등에서 약 17년간 긴 유배 생활을 하였다. 이 시절에 《경세유표》(1817년), 《목민심서》(1818년) 등 많은 책을 저술하였다.

정온(1569~1641) 조선 중기의 문신. 1636년 병자호란 때 이조 참판으로서 명나라와의 의리를 내세워 최명길의 화의론에 반대하였다. 결국 항복이 결정되자 자결을 시도했으나 목숨을 건지고 덕유산 아래 들어가 사는 곳을 '모리(某里)'라 하고 은거하다 죽었다.

정지상(?~1135) 고려 인종 때의 문신. 서경 출신으로 서울을 서경으로 옮길 것을 주장해 김부식의 개경 세력과 대립하였다. '묘청이 난'에 연루되어 김부식에게 죽음을 당했다.

정철(1536~1593) 조선 중기의 문신, 시인. 호는 송강(松江). 어려서 인종의 후궁인 누이와 계림군 이유의 부인이 된 막내 누이로 인해 궁중에 출입했다. 이때에 같은 나이의 경원대군(명종)과 친해졌다. 1551년(명종 6) 전라도 담양 창평으로 가서 과거에 급제할 때까지 10여 년을 보내며 임억령, 김인후, 송순, 기대승에게 학문을 배웠다. 또 이이, 성혼, 송익필과도 사귀었다. 1580년(선조 13) 마흔다섯 살 때 강원도 관찰사가 되어 〈관동별곡〉을 지었다. 뒤에 동인의 탄핵을 받아 사직하고 고향 창평으로 돌아가 4년간 은거했다. 이때 〈사미인곡〉, 〈속미인곡〉 등을 지었다. 문집인 《송강집》과 시가 작품집인 《송강가사》가 있다.

정초부(1714~1789) 조선 후기의 노비 출신 시인. '초부(樵夫)'라는 이름은 나무하는 사람이란 뜻이다. 시를 잘 지어 양반들의 시회에 초대받아 시를 짓기도 했다.

조식(1501~1572) 조선 중기의 학자, 호는 남명(南冥). 경상도 삼가현에서 태어나 서울로 올라가 공부하여 스물두 살 때 생원진사시의 초시와 문과의 초시에 합격했으나 회시에 실패했다. 스물여섯 살 때 부친상을 당해 고향 삼가로 돌아가 삼년상을 마친 뒤, 서른 살 되던 해 처가가 있는 김해로 거처를 옮겨 독서에 힘썼다. 서른일곱 살에 어머니의 권유로 과거에 응시했지만 낙방하자 과거를 포기하고 처사(處士)로서 삶을 영위하며 본격적인 학문 연구에 전념하였다. 쉰다섯 살 때 단성 현감에 임명되었으나, 임금의 어머니인 문정 대비를 과부라 하면서 사직소를 올려 죄를 입을 뻔했지만 대신과 언관의 구원으로 무사할 수 있었다. 그는 '경의(敬義)'를 배움의 바탕으로 한 의리 철학 또는 생활 철학을 표방함으로써 동시대의 퇴계 이황과 차이를 보였다.

조운흘(1332~1404) 고려 말 조선 초의 문신. 시대적 전환기에서, 현실 참여와 은둔 사이에서 고민한 지식인의 모습이 시에 잘 나타나 있다.

죽서(?~?) 조선 후기의 시인. 박종언의 서녀이며, 서기보의 소실이다. 시를 잘 지었는데 병약하여 일찍 죽었다.

진각 국사 혜심(1178~1234) 고려 중기의 승려. 지눌의 뒤를 이어 수선사(修禪社)의 두 번째 사주(社主)가 되어, 수선사의 교세를 확장하였다.

채제공(1720~1799) 조선 후기의 문신. 남인으로 정조의 탕평책을 추진한 핵심적인 인물이다. 천주교를 이단으로 배격하였지만 신자들을 제거하기보다는 교화의 대상으로 삼았다. 대상인의 특권을 폐지하고 소상인의 활동 자유를 늘리는 조치인 '신해통공(辛亥通共)'을 주도하였다. 문집으로 《번암집》이 있다.

청매 인오(1548~1623) 조선 중기의 승려. 휴정 대사 문하에 있으면서 임진왜란 때 승병을 거느리고 왜적과 싸웠으며 불교 중흥에 힘썼다.

청허 휴정(1520~1604) 흔히 '서산 대사(西山大師)'라고 하며, 호가 청허(淸虛)이고, 휴정(休靜)은 법명이다. 어려서 성균관에서 공부하고 과거를 보기도 했으나 실패하고 뒤에 출가했다. 1549년(명종 4) 승과에 급제하였고, 선교 양종 판사가 되었다. 1592년 임진왜란이 일어나자 선조는 부름을 받고 승려를 이끌고 왜군과 싸웠다. 1604년 묘향산 원적암에서 설법을 마치고, 자신의 영정 뒷면에 '80년 전에는 네가 나이더니, 80년 후에는 내가 너로구나.'라는 시를 적고 입적하였다. 그는 "선은 부처님의 마음이고 교는 부처님의 말씀이다."라고 하여 선과 교를 통합하려고 노력했다. 저서로는 《청허당집》, 《선가귀감》 등이 있다.

최립(1539~1612) 조선 중기의 문인. 1559년(명종 14) 식년 문과에 장원으로 급제했다. 문장을 인정받아 중국과의 외교 문서를 많이 작성했다. 그의 글과 차천로의 시, 한호의 글씨를 '송도삼절(松都三絶)'이라고 일컬었다.

최충(984~1068) 고려 전기의 문신. '사학 십이도'의 하나인 '문헌공도'의 창시자이다. 벼슬에서 물러난 후에 구재학당을 세워 교육과 인재 양성에 힘썼다. 《고려사》 〈열전〉에는 그를 두고, "우리나라에서 학교가 일어난 것은 최충에서 비롯해, 그를 해동공자(海東孔子)라고 일컬었다."라고 하였다.

최치원(857~?) 신라 말기의 학자. 6두품 출신으로, 열두 살에 당나라에 건너가 열여덟 살에 빈공과에 합격하였다. 879년 황소가 반란을 일으키자 고변의 종사관이 되어 〈토황소격〉을 써서 문명을 떨쳤다. 스물아홉 살 되던 885년에 신라에 돌아와 경륜을 펴려 하였으나, 그의 뜻이 받아들여지지 않자 가야산에 들어가 숨어 살다가 죽었다.

함허당 득통(1376~1433) 조선 초기의 승려. 무학 대사의 수제자로 불교를 부흥시키기 위해 노력했다. 유·불·도의 근본 진리가 같다는 주장을 펴며, 불교와 유교의 조화를 적극적으로 모색했다.

허난설헌(1563~1589) 조선 중기의 여류 시인. 본명은 허초희이고, 호가 난설헌이다. 아버지 허엽, 오빠 허봉, 남동생 허균 모두 당대에 문명을 떨쳤다. 여덟 살에 〈광한전 백옥루 상량문〉을 지어서 신동이라는 말을 들었다. 동생 허균과 함께 이달에게 시를 배웠다. 열다섯 살 무렵에 김성립과 결혼했으나 부부 생활이 원만하지 못했고, 시어머니와도 사이가 좋지 못하여 힘든 삶을 살아야 했다. 사랑하던 남매 자식을 잃은 뒤에 설상가상으로 배 속의 아이까지 잃는 아픔을 겪었다. 불우하게 살다가 스물일곱 살의 젊은 나이로 죽었다.

허봉(1551~1588) 조선 중기의 문인. 아버지는 허엽이고, 허난설헌의 오빠이자 허균의 형이다. 시를 잘 썼는데, 서른여덟 살의 젊은 나이로 죽었다.

허응당 보우(1509~1565) 조선 중기의 승려. 문정 대비의 외호 아래, 도첩 제도와 승과 제도를 부활시키는 등 억불 정책 속에서 불교 중흥을 위해 힘썼다. 선교 일체론을 주창하고 불교와 유교의 융합을 강조하였다.

홍가신(1541~1615) 조선 중기의 문신. 성리학에 깊은 관심을 기울였고, 이기 일원론을 주장하였다.

홍춘경(1497~1548) 조선 중기의 문신. 성품이 강직하여 권세에 굽히지 않았다.

황진이(?~?) 조선 시대 개성 출신의 기생. 기명(妓名)은 명월(明月). 지족 선사를 유혹하여 파계시키기도 하였으며, 당대의 대학자 서경덕을 유혹하려 하였으나 실패한 뒤에 사제 관계를 맺었다는 이야기가 야사에 전하고 있다. 박연 폭포, 서경덕과 함께 '송도삼절'로 불린다.

황현(1855~1910) 한말의 순국 지사. 호는 매천(梅泉). 1910년 8월 일본에 나라를 빼앗기자 통분해 절명시 네 수를 남기고 자결하였다.

문학시간에 옛시읽기 2 – 한시

옮긴이 | 전국국어교사모임

1판 1쇄 발행일 2014년 7월 28일

발행인 | 김학원
경영인 | 이상용
편집주간 | 위원석
편집장 | 최세정 황서현
기획 | 문성환 박민영 박상경 임은선 최윤영 조은화 전두현 최인영 이혜인 정다이 이보람
디자인 | 김태형 임동렬 유주현 최영철 구현석
마케팅 | 이한주 김창규 이선희 이정인
저자·독자 서비스 | 조다영 함주미(humanist@humanistbooks.com)
스캔·출력 | 이희수 com.
용지 | 화인페이퍼
인쇄 | 천일문화사
제본 | 정민문화사

발행처 | (주)휴머니스트 출판그룹
출판등록 | 제313-2007-000007호(2007년 1월 5일)
주소 | (121-869) 서울시 마포구 동교로 23길 76(연남동)
전화 | 02-335-4422 팩스 | 02-334-3427
홈페이지 | www.humanistbooks.com

ISBN 978-89-5682-715-9 44810

만든 사람들

편집장 | 황서현
기획 | 문성환(msh2001@humanistbooks.com) 박민영
디자인 | 최영철

• 이 도서의 국립중앙도서관 출판시도서목록(CIP)은 서지정보유통지원시스템 홈페이지(http://www.seoji.nl.go.kr)와 국가자료공동목록시스템(http://www.nl.go.kr/kolisnet)에서 이용하실 수 있습니다.(CIP제어번호: CIP2014019076)